지워진 흔적
남겨진 여백

김송배 제12시집

지워진 흔적
남겨진 여백

시원
도서출판

먼길 길바닥에 찍어둔 흔적 비망록

이제 이만큼 먼길 달려온 인생길을 반추하고 있다.
점지된 희노애락喜怒哀樂 애오욕愛惡慾 칠정에서도
차마 버릴 수 없었던 눈물의 흔적을 더듬는다.
이미 지워져서 형태가 없는 것도 있고
아직도 잠들지 못해 방황하는 것도 있다.
이것은 뼈아픈 불망不忘의 흔적이거나
비탄悲嘆의 눈물로 찍어둔 발자국이었다.
시집을 열 한 권이나 내면서도 챙기지 못한 사연들
여기 조금씩 재생하면서 성찰의 시간을 갖는다.
그렇다. 시는 어차피 나의 분신으로
영원히 나를 옹호하고 대변할 터이니까
시여, 영원하라.

너와 동행한 시간들이 다시 밝게 빛나고 있다.
나에겐 지워진 흔적들, 지워야 할 흔적들
그리고 남겨야 할 흔적들이 내 가슴속에서
풀지 못한 응어리가 여백으로 꿈틀거리고 있음에야—

2020년 3월, 새봄날에
연희동 청송시원聽松詩苑에서
청송 김송배聽松 金松培

| 차 례 |

✳ 시인의 말 / 먼길 길바닥에 찍어둔 흔적 비망록

제1부 바람의 편린

제2부 묵음시첩默吟詩帖

제4부   이보세요

제 1 부
바람의 편린

바람의 편린

나는 본래 바람이었다
정처 없이 불어다니는 무숙자無宿者
언제나 별빛 한 줄기에도
흔들리며 눈물짓는 허수아비였지
나는 사랑을 모르고
그냥 내달리는 논펄에서
어눌한 한 줄기 가난의 생명줄만
겨우 영위하던 방랑자의 후예
누구나 밝은 태양을 기원하지만
후줄근한 몰골에서 풍기는 절망의 눈빛은
지금도 하염없이 밀려다니는 바람
갈피를 잡지 못하는 내 자화상은
언제쯤 어디에서 안착安着할 수 있을까
착목着目하는 사물마다 사람 냄새가
물씬 내뿜는 그런 세상에 살고 싶다
나는 아직도 어쩔 수 없는 바람이다.

(2018. 한국시인협회 사화집)

초연超然을 향하여

식음을 전폐하고 사소한 일에도
무신경으로 살면 유유자적할 수 있을까
세상만사를 잊고 신선이 되어야 하나
현실은 나에게 굴종屈從을 강요한다
현실은 언제나 매우 가혹하다
생물적 의식주도 냉정하게 거부한 채
무섭게 얽어매려는 유혹, 세월탓인가
보이지 않는 생존경쟁은 나이탓인가
긍정도 아닌, 부정도 아닌 어정쩡한 행보
쾌감과 도취의 감도에서 탈출할 수가 없다
너무나 바쁘게 돌아가는 인간사 어지럽다
늘어나는 치매의 형상으로 두뇌가
요즘 무중력일 때가 많아진다
무슨 이해득실의 타산은 강물에 띄어버리고
토굴 속 어둠과 좌선으로 참선을 해야 하나
잠시 호흡 멈추고 영혼을 만나면
무중력일 때 초연은 홀연히 나타난다
아, 부처님 해탈할 때의 광명인가.

(2019. 1. 『월간문학』)

공멸共滅의 예방

정부가 환경보전을 위해
정책으로 노력을 하나보다
산림 훼손 방지를 위해
골프장 건설을 허가하지 않고
하천 오염을 막기 위해
공장 건설을 불허한단다
아마존의 울창한 자연이 전년에 비해
녹지 폐허가 줄어들었다는 뉴스는
브라질 정부가 광산개발을 중단했단다
이제사 정부들이 정신을 깨우는구나
언젠가 다가올 지구 공멸의 위협을
예감하는 실재의 현상들이
대명천지를 휩쓸고 있다
창문을 꼭꼭 닫아라
방안에서도 마스크를 해라
한 무리의 황사바람이
산천초목을 뿌옇게 삼켜버렸다 .

(2017. 11. 한국시협 사화집)

영혼의 토굴

푸른 꿈이 풍상風霜에 무너졌었어
망망대해를 달리고픈 조각배의 꿈은
지독하게 무서운 파도에 산산 조각났어
그러나 그런 고난에서도 별이 되고 싶었어
불면의 혼불들이 밤을 환히 밝히고 있었어

버려진 노숙자가 될거나
아니면 첩첩산중 산승山僧이 될거나
방랑자의 갈피는 언제나 정화를 못하지
어느 날, 문득 전신을 휘감는
어느 선각자의 발자국을 따라 나섰지

아아, 그 길은 험하고 너무 멀었어
준령峻嶺을 넘고 단애斷崖를 지나면서도
그와 동거할 오두막집이라도 지어야 했어
언제부터인가 영혼과 함께 영원히 안주할
허술한 토굴 하나를 지금까지 파고 있었어.

(2019. 시협 사화집)

'이만갑'을 시청하며

여기 사선死線을 넘어온 사람들의
탈출기가 눈물로 일렁인다
차가운 두만강 물을 몰래 건너면서
자유와 평화를 얼마나 갈망했는가
부모형제를 뒤로 한 채
오로지 자유의 땅 한국의 품안에서
인간답고 풍요롭게 살고 싶었다
군인으로, 기자로, 기술자로, 밀수꾼으로
더러는 꽃제비로 처참하게 살다가
이제 다시 태어난 새 생명은
북한에서 배웠던 재능과 기술로
새로운 희망의 세상에서 삶을 살아가노니
그동안 맺혔던 한이 분노로,
다시 분노가 눈물로 복받친 애환으로
그러나 이 시간은, 아니 지금은 행복하다
지옥 탈출의 쓰라린 체험이
영원한 불망不忘의 언어로 소용돌이치며
오늘은 우리들에게 눈물과 분노를 들려준다
세계에서 하나 남은 분단국가의 상처를

하루 빨리 치유하는 통일 조국을 이루자
요즘 인기 높게 방영하는
'이제 만나러 갑니다'를 자주 보는 이유다.

(2017. 11.『문학과 통일』)

동 백

어느 날
바닷가 한적한 둘레길에서
부웅 멀리 떠나는 뱃고동 소리에
눈시울 붉어진다
이토록 사랑은 아픔인가

밤새도록 나눈 이별의 언행言行이
붉은 한 잎의 단풍으로
여기 둥둥 떠가는 눈물의 행로

손수건 흔들며 보내는 그리움
그가 지금도 온몸 바알갛게
만남도 헤어짐도 꿈만 꾸고 있을까

문득, 부웅 사라진 뱃머리
저만치 노을이 핏빛으로 물든다
얼비친 내 얼굴도 온통 진홍색이다.

(2017. 심상사화집)

근황·1

밤마다 하늘을 쳐다본다
옥상에서 쳐다본 먼 곳에는
우중충우중충
별들이 잘 보이지 않는다
문득 고향 논둑길을 걸어본다
별들이 지천으로 쏟아진다
떨어진 별 하나 주우려고 둑길을 뛰었다
허사다허사다
그래그래, 별 하나 줍는 것처럼
별시 한 편 건지기도 어렵다
어이할거나어이할거나
나이 먹어 사유가 고갈된 탓일까
아니다아니다
더욱 곰삭아야 할 영혼의 말씀들이
얇은 귀로 듣지 못하기 때문이다.

(2018. 1. 『심상』)

근황 · 2

이 세상 끝날 때까지
남은 나의 시간은 얼마쯤일까
갑자기 비염으로 콧물이 줄줄 흐른다
약을 드시고 운동도 좀 하세요
의사의 처방은 구세주처럼 들린다
아무리 열심히 지켜도 소용이 없다
기력이 쇠약해진다
기억력이 쇠퇴해진다
아니다아니다
아무래도 남아 있는 시간까지
건져 올리지 못할 심원心願 가득한
시혼의 절규가 용틀임친다
아아, 신열이 나고 다시 기침이 나온다
언제까지 세월만 탓할 것이냐.

(2018. 1. 『심상』)

근황 · 3

요즘 와서
시간에게 안부를 묻는 일이 많아졌다
지나온 날, 큰 과오로 용서받을 일은 없었는지
지금은 모두를 사랑하고 행복한 일이 많은지
내일은 또 무엇인가를 그리워하며
남풍 불어오는 쪽을 기다릴 일이 남았는지
그렇다. 자신을 되돌아보며
오늘도 답신 없는 편지를 쓴다
이 세상에서 가장 무서운 것은
고독하다는 거, 우수에 젖는다는 거
그래서 괴로워하다가 어쩔 수 없어서
남은 시간을 스스로 버리는 거
누구도 누구네도
이 무서운 병, 옹두리를 치유하지 못한다
어인일로, 참으로 어인일로
지금까지도 묘책을 떠올리지 못한다
어디론가 바삐 떠나가는 시간만 탓할 뿐이다.

(2018. 1. 『심상』)

근황 · 4

칠십 중반 노인의 독백만 가득 채운다
시간과 공간 개념이 모호해 진다
안 되는데, 안 되는데 하면서도
어제 처음 만나 인사 나누었던 그 사람
이름이 가물가물, 기억나지 않는다
콧날이 우뚝하고 눈초리가 매서웠던
아니, 그의 속내까지도 다 읽었던 교감
시간 지날수록 더욱 희미해지는 데
어이할거나, 어이할거나
도무지 돌이킬 수 없는 사유思惟도
날마다 푸른 하늘만 응시하는 침묵으로
그래, 가득했던 깊은 독백마저
하얗게 지워지는 날
백발 노친네의 육신은
마냥 손사래를 치면서도
훨훨 명계冥界를 영혼보다
먼저 날고 있었다.

(2019. 겨울호 『한국시학』)

근황 · 5

이제 하는 일 모두를
좀 쉬엄쉬엄 해야겠다
그러나 너무 느리지 않으면서도
조마조마 하루의 삶을 살아야 한다
더러는 성찰을
더러는 명상으로
자신을 다루면서
위험한 시간을 건너가야 한다

건널목에서도 조심조심 살펴야 한다
파란불인데도 차들이 쌩쌩 달리는 데
이제 사는 일들이 겁난다
발걸음이 비틀거리지 않게
지하철 계단을 내려가거나
난간을 잘 잡고 올라가야 한다
서두를 일이 없다
천천히 만사萬事를 정리하면서
살아가는 연습이 필요할 때이다.

(2019. 겨울호 『한국시학』)

다시 ( )에 대하여

철옹성이다. 깊이 감추어 두어야 할
사연이 많은지 높은 담장이 위협적이다
강절도를 막기 위한 방패막이인가
철대문 여닫는 소리도 들리지 않는다
황금덩이나 달러화를 보관하고 있을까
아방궁 속에는 그들만의 비밀이 숨겨져 있나
영원히 치유하지 못할 인격의 하자가 있나
서로가 공감할 수 없는 상처가 덧나고 있나
엄청난 대지에 우뚝 선 궁궐에는
투시透視되지 않는 그 무엇이
외적인 노출을 피하고 있다
지나가던 사람들이 올려다보면서
치부와 과시와 그들의 행적을 의심하고 있다
아아, 이 세상에는 숨겨야 할 것들
평생내 밝혀지지 않아야 할 것들
살아가면서 들어내지 말아야 할 것들
죽어서 무덤까지 가지고 가야 할 것들
그것들이 두려워 대명천지에도 햇볕을 피하고 산다.

(2017. 11. 『문예사조』)

또 다시 (   )에 대하여

언제부터인가 내가 거기에 갇혀 있었다
태어나면서 옭아매어진 육신이
블랙홀 속으로 빨려들어가
눈물의 세월만 보냈다

그러나 운명을 원망하지 않았다
헐벗고 굶주린 육신에는
광채光彩의 정신을 간직하지 못한다

과거와 미래를 조망眺望해볼
현재의 감시카메라도 없다
어이타할 생존 자체가 암흑으로
덮어진 삭막한 긴 엄동嚴冬에도
아직도 여한餘恨이 풀려날 시간만 기다리고 있는가

무너뜨려라 헤치고 나오라
광명光明의 세상을 날면서
영글은 참된 영혼의 기개를 펼쳐라.

(2017. 11. 『문예사조』)

흔적 · 1

일제 막바지 히로시마 원자탄을 피해
미리 고향으로 돌아온 아버지는
맨손으로 초가삼간을 손수 지으셨다
흙벽을 바르고 창호지로 문을 발랐다
흙담을 쌓고 싸리울타리도 둘렀다
우리들의 아늑한 보금자리였다
안채 부엌에서는 어머니가
보릿고개에 훑어온 청보리 알맹이와
뒷산에서 뜯어온 풋나물로 밥을 지어
마루에서 온 식구가 끼니를 때웠다

사랑채에서는 장죽 터는 아버지의 헛기침소리
때로는 내방來訪 손님과 술잔이 부딪히고
밤새도록 담론이 이어지던 정겨운 자리였다
헛간채에는 돼지우리, 외양간, 퇴비저장실, 똥둣간
그 옆에는 디딜방아, 맷돌 등등
우리 집은 동심의 샘물이었다

부모도 이 세상 버리고 떠난 지 오래
형제들도 먹고살기 위해 뿔뿔이 흩어졌다
오랜만에 찾아온 옛집은 흔적도 없이 사라졌네
무심無心했던 세월이여
무정無情했던 사랑이여.

(2019.『합천문학』27호)

흔적 · 2

엄마의 정지에는
큰 가마솥, 작은 양은 국솥
땔나무가 아궁이에서 타고 있다
그 옆 살강에는 식기들이 가지런히 놓여 있다

ー 주발 사발 대접 쟁반 접시 보기기 잔 종지
   주전자 양푼 탕기 식칼 주걱 국자 숟가락 젓가락
   물드무 양동이 바가지 도마 행주 석쇠 냄비
   참기름병 감식초병 고춧가루통 깨소금통 단지
   체 어르미 몽당빗자루 부지깽이 부삽

어머니는 하루 종일 행주로 닦고 문지르고
살림살이가 번들번들하다
쇠솥에서는 밥 익는 냄새
부뚜막에는 된장찌개 끓는 소리
삶이 먹고 사는 문제가 전부였던 시절
아, 그 흔적은 모두 어디로 갔는가
고향 찾은 나그네는 허망만 안고 돌아왔다.

(2019. 청시 사화집)

흔적 · 3

아버지의 헛간에는 자질구레한 살림기구들이
가지런히 줄지어 늘려 있었다.

– 낫 호미 괭이 쇠스랑 곡괭이 삽 쟁기 써레
  지게 바지게 갈퀴 삼태기 소쿠리 개똥망태
  작두 톱 장도리 대패 끌 자귀 망치 도끼
  족대 통발 우장 삿갓 도리깨 고무래 풍구
  베틀 자리틀 가마니틀 물레 씨아 도투마리
  멍석 홀태 족탈곡기 싸리빗자루……

몇 년 전까지만 해도 녹이 슨 채
제 모습으로 남아 거미줄이 엉켜
유령인 양 어둠 속에서 외로이
누굴 기다리며 무엇을 지키고 있었다
아아, 이젠 그냥 버려진 채 홀로 썩다가
지금은 그 흔적마저 없어졌다
아버지의 혼령도 고개를 내젓고 있었다
세월이여, 인생이여 그 긴 허무여.

(2019. 가을.『표현문학』)

흔적 · 4

여름이면 앞마당 감나무 밑 평상에서
숙제를 하다가 잠이 들기도 했다
툭 툭 풋감 떨어지는 소리에
복실강아지가 컹컹컹 짖었다
밤에는 바랭이풀 캐다가 모깃불을 피웠다
읍내 장에 갔던 아버지가 탁배기 한 사발에
어험, 어험, 갈짓자 걸음으로
밤늦게 마당에 들어 선다
손에 들린 것은 간배인 갈치 몇 토막이다
하루 종일 장터에서 헤매다가 돌아와서도
논배미 물꼬 걱정이 앞선다
그해 여름은 가뭄이 길었다
보도랑물이 말라서 웅덩이를 팠다
밤새도록 퍼올린 물은 해갈이 못된다
아침부터 하늘 쳐다보고 걱정이 태산인데
나는 마당 평상에서 지금도 잠들어 있었다.

(2019. 가을호『문학예술』)

흔적 · 5

이제서야 가난에 찌들었던 옛 시절
눈물 마르지 않던 아픔의 흔적을
조심스러이 얘기할 때가 되었습니다
뒷동산에 올라 뜨겁게 흐느끼던 유년들이
아아, 희수喜壽가 넘고서야
그때의 슬픔을 되새기고 있습니다
컹컹 산골마을 불빛 아래 개짖는 소리
동구 밖 어둠 속까지 들리고
사립문 앞에서 지등을 밝힌 채
먼저 떠나간 아버지를 기다리는 어머니
한 많은 삶으로 한생을 다스리셨습니다
배고픔도 배움의 욕망도 꿈꿀 수 없는
한낱 슬픈 기원으로 둥둥 떠있었습니다
아침마다 풀잎에 영롱하게 맺힌 이슬방울
지금사 그 의미를 희미하게 알 것 같습니다
이승을 떠난 부모형제의 애절한 노래가
조금씩 지워져가는 세상에서
지난날 헐벗었던 궤적들이 여백으로 남았습니다.

(2019. 가을호 『문학예술』)

흔적 · 6

청보리 훑어 죽 한 사발 올려놓고
한숨짓는 어머니와
농주農酒 한 대접으로 시름 달래던
무뚝뚝한 아버지
고향집과 농토 팔아서 도시로 떠난
초라한 뒷모습의 형님
그리고 돈 벌어 잘살겠다고,
못 배운 한으로 보따리 싼 동생은
이미 이 세상 밖 먼길 떠나버렸다
이제 덩그러니 나 홀로 남아서
저승에 모인 부모형제들을
애처롭게 회상하고 있나니
언젠가는 나도 합류해서
이승의 아픈 흔적들을 더듬으면서
오순도순 회한의 회포를 풀어야겠지
휙, 한 점 바람에 백발白髮이 흩날린다.

(2019. 청시 사화집)

흔적 · 7

도민증에 붙여진 아버지 사진이
반쯤 타다가 물에 젖은 채
마당 한구석에 쓰레기로 버려졌다
딱 한 장밖에 없는 근엄한 모습
갓 쓰고 수염 휘날리는 풍채가
이조시대 벼슬 참봉 같았다
어느 날 초가삼간이 불타면서
겨우 꺼집어 낸 가구들과 함께
쓰레기 더미로 묻혀 그 흔적이 지워졌다
아아, 그 모습은 영원히 볼 수가 없었다
그래도 어머니의 인자한, 환한 웃음은
곱게 차린 한복차림으로 남아 있다
그나마 참 다행이다, 하마터면
오늘도 별로 반짝이는 부모님 존안尊顔을
잊을 뻔한 불효로 눈물 흘렸으리
그래, 세월이 흐른 뒤 지금 내 몰골을
기억하지 못하는 후손들을 위해
그래그래, 내 사진 한 장은 걸어두어야겠다.

(2020. 봄.『한국작가』)

어눌한 어법

이 세상 어디서나
질펀하게 깔려있는 폐기된 사물들
절망의 긴 한숨소리를
갑자기 대빗자루로 쓸어 모은다
오래된 폐가의 썩어가는 안방문지방,
반쯤 무너져 내린 흙담,
그 아래 싹만 틔웠다가 말라죽은 나팔꽃,
대문밖에 버려져 행인들에게 밟히는 시든 생화,
깨어진 하얀 접시의 사금파리,
고물장수 리어카에 실려가는 시집들
아아, 어쩌다가 어쩌다가—
이것이 운명인가
정신마저 몽롱해진 삭막한 골목에서
오늘도 절규하는 언어들이
함구緘口한 채 허공에 매달려 있는데.

(2020 봄. 이양우문집)

자조自嘲의 군상들

향기가 소진된 꽃들의 체념
항해를 잃어버린 폐선의 묵상
기원을 망각한 노숙자의 동면

쓰레기 하치장에 쌓인 슬픈 삶의 궤적들
공동묘지에서 절규하는 불망의 언어들
말라버린 꽃대궁을 안고 신음하는 화분들

빛을 거두고 자연계로 하강하는 행성
지구와 통화를 끝내고 우주에 버려진 우주선
폐수에 취해 막숨 몰아쉬는 저 붕어 한 마리

화산재와 해일이 삼켜버린 절망의 지구촌
해골이 삭지 못한 채 나뒹구는 열사의 사막
우리 인간들이 돌이킬 수 없는 죄값이다

이제 눈물로도 지울 수 없는 무서운 흔적들
아아, 이렇게 지구가 망가지고 있구나.

(2020 봄.『문학의 강』)

제2부

묵음시첩默吟詩帖

묵음시첩默吟詩帖 1
— 청산青山

언제, 어디서, 왜 와서
왜 여기 수천 년을 묵상으로 앉아 있나
산새들, 벌레들이 산천을 노래하고
밤마다 온갖 산짐승들이 우글거려도
어찌하여 못들은 척 하는가
필시 내면에 삭이지 못한 어떤 혈류가
무겁게 용들임치고 있는지도 모르겠다
청산은 불묵이라도 천년화요青山不墨 千年畵
녹수는 무현이라도 만고금이라綠水無絃 萬古琴
아예 이런 시詩도 알려하지 않는 침묵의 여운
계절따라 형형색색의 자태 뽐내어도
묵시默示로 오늘도 좌선坐禪하는 기품氣稟
아아, 그의 깊은 속내는 끝내 알 수 없는가.

(2018. 8. 『문학공간』)

묵음시첩默吟詩帖 2
— 고사목枯死木

이제 한생을 끝내고
영면永眠에 들었나
그리하여 긴 명상에 빠졌나
내 품에서 둥지를 틀던 새들도
내 그늘에서 쉬어가던 아낙네도
어디로 갔나 보이지 않네
이제 허물어져 스산한 빈 터에
앙상한 몰골의 뼈만 남아
그동안의 애환을 땅속에 파묻으며
이미 썩어 돌아간 육신을 그리는가
청청하던 아아, 그 옛 시간들이여
천년 세월 풍상에서 해탈하여
그 흔적마저 지워져가는 영혼
아직 삭지못한 한을 풀어내는 영혼이여.

(2018. 8. 『문학공간』)

묵음시첩默吟詩帖 3
— 불탑佛塔

모두가 눈물의 합장으로 올리는
간절한 그들의 기도를 나는 듣고 있다
대웅전 큰 법당에서 들리는 큰스님의 법어
상구보리 하와중생上求菩提 下化衆生
내 주위를 돌고돌며 불심佛心을
가슴으로 받아들이는 불자佛子들
그래요, 나는 굳은 표정으로 서 있지만
너희들의 가엾은 서원誓願의 호소를
내 너무 잘 알고 있느니
오오, 백 여덟 바퀴의 간절한 그 무엇이
바람으로 구름으로
자비를 풀어 영혼을 감싸 안아
저 명민한 지혜의 나래를 펼치노니
돌아가거라, 다 속세로 돌아간 자리
나는 다시 무아無我로 남아
영원을 너와 함께 머물 것이로니.

(2018. 가을호 『한국시원』)

묵음시첩默吟詩帖 4
– 들길

삼십리 하교길에 문득 들리는 바람소리
꼬불꼬불한 논길에서 윙윙 거린다
이 길을 치달아야 밤늦도록 호롱불 밝혀진,
어머니가 문 열고 기다리는 우리 집에 도착한다
달은 휘영청 밝았지만
어디선가 늑대울음소리 들리고
도깨비불도 번쩍번쩍 들판을 누빈다
갑자기 소름이 돋는다
낮에는 쟁기 맨 아버지와 소가 지나갔고
밤에는 책보따리 허리춤에 질끈 맨 채
이슬 맞으며 외롭게 걸었다
들길은 언제나 말없이
빈 가슴으로 나를 안고 집으로 갔다
다시 바람 한 줄기 가슴 후비며 지나간다.

(2018. 가을호 『한국시원』)

묵음시첩默吟詩帖 5
− 섣달 그믐달

나는 이것으로 운명을 다하는 것인가
월궁月宮에서 들려주는 전설의 메아리도
계수나무 아래에서의 토끼 절구 방아 소리도
어둠으로 사라지고 있는 것인가
만월滿月의 인자한 얼굴을 우러르던
저 지구의 미물微物들 지금도
나처럼 밝게, 맑게 살고 있느냐
인간들의 미동微動은 불명이다
널 암스트롱이 아폴로 11호로 날아와
나의 차거운 황무지를 순방한지도 오랜데
어쩐지 아직도 끝나지 않는 아비규환阿鼻叫喚
언제쯤 저 황폐해지는 지상에 내려가서
계곡 물소리, 새소리, 바람소리로 귀를 씻을 수 있을까
인간들이여, 지금 막 허물어지는 몰골로
청명한 허공 밝게 마지막 웃음 짓는
나를 밤새도록 쳐다보라
그리고 너의 영혼을 위한 기도를 올려라.

(2019. 봄 『시와수상문학』)

묵음시첩默吟詩帖 6
– 빈집

지금 와서 내게 삶의 영욕을 묻지 말게나
참으로 한많은 한 생애였지
한 때는 오순도순 온 가족이 생활하면서
가난의 눈물도 많이 쏟았지
이제는 모두 떠나가고
텅 빈 마당에는 무성한 잡초더미 위로
안스러운 찬바람만 윙윙 그리는데
그 많던 한숨도 눈물도 다 사그라지고
허허로운 바람만 쉬고 있네

다들 어디로 갔나 묻지 말게나
농사일만 해서는 먹고 살기가 힘들어
부산으로, 대구로, 서울로 짐을 쌌지
그래도 조상의 유택幽宅은 남아있지
부서진 문살 틈으로 새어나오는
삶의 여운이 아스라이 각인되는데
오랜만에 객지客地에서 돌아온 길손이
내 주위에서 휘휘 회상에 잠기고 있을 뿐이네.

묵음시첩默吟詩帖 7

- 바위

나는 항상 울먹울먹 눈물 머금은 채
하늘 우러러 살겠습니다

누군가 지나가다가
무심코 내 몸을 손으로 만지거나
흙발로 툭툭 차면서 외면하더라도

나는 인내를 내세우며
용서하며 살아가겠습니다

더러는 비바람 내리치고
북풍한설北風寒雪 몰아쳐
내 육중한 육신을 가눌 수 없어도

나는 영혼을 위한 무상無想의 세계
그를 닮은 구름처럼 살아 갈 것입니다.

(2018. 가을호『문학시대』)

묵음시첩默吟詩帖 8

– 보름달

지구촌 사람들이 어둠 속 환하게 얼굴 밝힌
나를 향해 손비비고 굽신 절하면서
무슨 사연인지 기원의 주문을 외우고 있다
들길에서, 냇가에서 다시 우물가에서
한 늙은 어머니가 정성을 모아
간절하게 빌고 있는 모습도 보인다
오늘은 음력 8월 보름 추석날
저마다 그토록 풀지 못한 소원들을
먼 하늘 은하수 건너 여기까지
목매이게 띄워 보내고 있는가

– 달님이시여! 우리 인간들의 아픔을
  계수나무와 토끼의 반가운 웃음으로
  모두 거두어 주세요

지구촌 위기와 평화의 메시지를
밤늦도록 애잔한 흐느낌으로
나에게 전언傳言하고 있다.

(2018. 가을호 『문학시대』)

묵음시첩默吟詩帖 9
― 깃발

유치환 시인은 나를 만나면
'소리 없는 아우성'이라고 읊었다
그후 시인들은 모두들 그렇게 믿었다

어느 날 선창가에서
먼길 떠나보내는 울님의 배웅
아스라이 흔드는 눈물의 손짓에
뱃머리에서 펄럭이는 나의 대답은
울부짖음인가, 흐느낌인가
다만, 목눌木訥한 언어만
허공으로 띄어 보내고 있어서
내면으로 삭아내리는 그 아우성은
영원히 들을 수가 없었다
지금도 그냥 삼삼할 뿐이다

― 무언의 항변이냐, 부동의 위무慰撫냐
   인간들 사는 세상에는 오늘도
   세찬 바람으로 나와 함께 흔들리고 있다.

(2018. 가을 『표현문학』 70호)

묵음시첩默吟詩帖 10
－ 장승

폭우가 쏟아지고 대설주의보가 내려져도
두 눈 부릅뜨고 이 마을은 내가 지킨다
언젠가 마마媽媽가 휩쓸어
동네 조무래기들 하얀 무명베에 쌓여
뒷산 애장터 돌무덤으로 업혀가던 날
천하대장군天下大將軍
지하여장군地下女將軍
그들 부모와 함께 슬퍼 한없이 울었다
지금은 허물어진 돌더미 사이로
진달래가 피고 새소리 들리지만
또 다시 닥쳐올 액운 얼씬도 못하게
오늘도 내일도 아니 영원히
묵언으로 동구에 서 있을 것이다
그래서 여기를 떠난 사람 모두가
다시 돌아와 살고 싶은 영혼의 동네
옛정 되살리는 수호신으로 남아 있겠다.

(2018.『오산문학』)

묵음시첩默吟詩帖 11
― 폐선

솔직히 지금사 고해告解하리다
언제나 만선의 꿈을 꾸고 있었다
출항할 때마다 선원들도 함께 꿈속에 묻혔다
아스라이 멀어지는 선창에는
선원 가족들의 기원이 손을 흔든다
풍우가 몰아쳐 파도가 뱃머리를 위협해도
오로지 어군魚群을 쫓는 일이 임무였다
어부들이 던지는 그물에서 희비喜悲를 건져
내 품안에 가득 채우면
그 가족들의 생계가 환하게 비춰진다
아아, 솔직히 나는 고단한 한생을 살아왔다
이제 그 생존현장에서 아쉽게 은퇴하고
갯벌에 버려져 영면永眠에 들어간다
그때 나와 동행해서 대해大海를 누비던
그 선장도 안도의 한숨을 들이쉬면서
어느 양지바른 산비탈에 편히 누워
만선의 몽중夢中에서 휴식을 취하겠지.

(2018. 가을.『문학예술』)

묵음시첩默吟詩帖 12
- 솟대

모두들 살만큼 살았으면
가진 것 모두 정리 좀 하세요
책도 정리하고
사진도, 사랑도, 눈물도 그리고 또……

본래 가진 것 없으니
버릴 것도, 정리할 것도 없네요
그래도 허물을 벗어던지듯
깔끔하게 씻어씻어 내세요

- 나도 이젠 말라빠진 맨몸으로
  영원히 비상할 수 있는 새가 되었네요

우리 모두 한 세상 떠날 때
가볍게, 홀가분하게 티끌처럼 날아가요
가끔 은하수를 타고 내려온 영혼
언제나 텅비운 채 그를 맞이하세요.

(2019. 봄.『시와수상문학』)

묵음시첩默吟詩帖 13
― 서낭당

나를 찾아와 치성을 드렸던 곳
돌무더기도 풍우風雨에 허물어져 흔적도 없어졌다
그 간절함은 세월의 무게에 짓눌려져
휘휘 고갯마루에 어지러운 바람만 불고
신목神木도, 서낭신도 자취를 감추었다
지금이라도 누가 이 빈터에 솔깨비 하나 얹고
오색금줄 걸어 돌 세 개, 세 번 절하면서
매일 현기증이 도지는 이 세상에
잡귀의 침노를 막아 국태민안을 빌어라

그때 그 시절에는 비손들도 많았지만
지금은 황폐한 돌들로 나딩굴고 있는데
서낭제도, 서낭굿도 사라진 세상
내가 지켜준 마을도 그 순진한 사람들도
아아, 여길 떠나 어디에서 살고 있나

― 이것보세요, 아직도 괜찮으세요?
갈팡질팡 인간들에게 위기를 전해야 하리.

(2018. 겨울호 『한국작가』)

묵음시첩默吟詩帖 14
- 허수아비

내 주위를 맴돌던 방아깨비, 메뚜기
아직 가을 햇살 청명한데
모두들 어디로 떠난 것일까
밤마다 허허롭게 부서지는 찬바람따라
우수수 내 곁으로 몰려오는 낙엽들
나와 함께 깊은 우수에 젖어 있네
후여후여, 풍년논벌에서 참새 쫓던 기백도
어쩐지 외롭게 빈 들판에 쓸어져
멀리서 아슴한 귀뚜리 울음만 음미하네
지난여름 애시벌맨 논배미에서
구성지게 논매기노래 불렀던
농감農監 할배도 어쩐 일인지 보이지 않네
아, 우리 모두의 한생은 이렇게
슬픈 것인가, 아픈 것인가.

(2018. 가을. 『문학예술』)

묵음시첩默吟詩帖 15
- 가로등

오늘은 늦지 말고 일찍 들어와
아침마다 출근하는 이들에게 훈계한다
어스름 깔리면 어김없이 불 비추어
늦은 밤을 기다려도
비틀거리면서 돌아오는 이들 뿐,
문득 개짓는 소리 요란하다
이 골목길을 더듬으며 집 찾아가는
취객醉客의 하루가 늦게 도착했는가보다
그대는 취한 채 긴 잠에 빠지지만
나는 불면의 외로움을 인내하면서
밤새도록 이 자리를 굳게 지킬 것이다
다시 컹컹컹 개의 울부짖음이 들리지만
간혹 담을 넘는 도둑도 지켜야 한다
날이 밝으면서 내 할일은 끝나고
- 늦지 않게 일찍 들어와.
한 자리에 서서 항상 훈계하는 나에게
지나가는 사람들이 목례를 하고 있다.

(2018. 겨울호 『현대문예』)

묵음시첩默吟詩帖 16
– 오솔길

내가 호젓한 이 산길에서 기다리는 것은
길 잘못 든 길손을 맞이함도 아닐세
밤새도록 이슬 맞으며 구성진 노래하던
멧새들 똘망한 눈망울이 바람을 맞는군요
가끔 여우, 늑대, 오소리가 지나가면서
아랫마을 사람들 소식을 전해주는군요
저 아래 신작로가 뚫리고 자동차가 다니면서
나는 우거진 풀숲에서 길을 잃었는데도
어흠, 어흠, 어쩌다가 재를 넘으려는
괴나리봇짐 진 낯익은 손님 하나
나를 휘휘 어루만지고 돌아서면서
산 아래 펼쳐진 세상 내려다보고
긴 한숨으로 아, 세상 많이 변했구나
아늑한 내 품으로 순이가 오르내리던
사랑의 산책로 이젠 흔적도 없구나
오늘도 비바람, 안개가 내 온몸을 적시는데
옛 길손들 다 떠나고 구름 한 점만 찾아와
빙글빙글 돌다가 멀리 사라지고 있네.

(2018. 겨울호 『현대문예』)

묵음시첩默吟詩帖 17

― 나목裸木

동지섣달 설한풍에도 견뎌야하리
한 해를 마무리하고 또 한 해를
예비하는 숙명의 생애가
따스한 햇살을 기다리고 있다네
엇 추워! 발가벗은 채 떨면서
한겨울을 인내해야 하는 측은함도
다시 찾아올 봄볕이 그리워
떨면서도 동면冬眠에 든다네
또 폭설暴雪이 담뿍 내리려나
그 설경雪景을 즐기는 한 무리가
방한복 차림으로 나를 응시하고 있다네
이런 날 나는 한 편의 시가 되랴
나는 한 폭의 풍경화로 남으랴
아직도 남녘 꽃소식은 너무 멀어
기별이 들리지 않는데
아, 얼어붙어버린 만유萬有의 꿈들이
땅속에서 깨어나려 꿈틀거리고 있네.

(2019. 6. 『순수문학』)

묵음시첩默吟詩帖 18
— 헌책방

한때 뭇 인간들의 꿈을 열어주었던
동지들이 모여 옹기종기 모여
우리들 나름의 화제거리를 감추고 있다
우리들과 함께 골방에서 씨름하던
그들은 이제 모두 버리고 어디로 갔나
더러는 그 꿈을 이루었지만
어떤 이는 끝내 실패해서
우리들처럼 이 세상에서 버려졌는가
지금도 시나브로 이곳을 찾아와
빛바래 헝크러진 육신을 어루만지면서
무엇인가를 가슴에 채우려는 이
아, 그래도 지식을 갈구渴求하는 이
너무 오랫동안 책장에 박혀있어서
곰팡내가 풍겨 코를 찡그리는데
또 다른 세계를 탐험하려는 이
오늘도 우리 곁에서 서성이고 있다.

(2019. 심상사화집)

묵음시첩默吟詩帖 19
— 헌구두

얼마나 많은 세월을 나에게 의지했는가
한시도 나를 떠나서는 살아가기 어렵던
시절의 한이 맺혀 헌 몰골로 닳아 빠졌네
전신에 구멍이 숭숭 뚫려 찬바람이 들어와도
쓰레기더미에 버리지 마라
내가 낡아빠진 만큼 당신도 늙어버렸네

요즘은 날마다 허기져 누운 채
비좁고 깜깜한 신발장에 갇혀
나들이 길에 선택되지 못한 아쉬움
먼 기다림으로 자숙自肅하지만
뒤축이 문드러진 나의 골신骨身은
당신의 운명처럼 어디론가
천천히 흔적 없이 사라질 것이네

늙고 병들고 죽어가는 존재의 의미
살아가는 순리가 모두 그런 것이라네
한 생을 헌신적 봉사로 마무리하지만
아아, 그 세월의 여적餘滴에는

영욕榮辱의 바람소리만 들릴 뿐
그러나 폐품으로 길거리에 내던지지 마라
오늘도 숨죽인 채 헐거운 영육만 매만지는.

(2019. 7. 『문예사조』)

묵음시첩默吟詩帖 20
― 묵뫼廢墓

무성한 잡초더미에 버려진 안식처
살아서는 희희낙락했지만
죽어서는 왜 이리 고적孤寂한가
나에게 벌초해줄 자손들은 어디로 갔나
아마도 너무 오래되어
모두들 이 조상을 잊은 것은 아니겠지
지옥인지, 연옥인지, 극락인지
영혼도 어디론가 날아가 버린 채
지금은 양지바른 산비탈에 편히 누워
이따금씩 두런두런 찾아오는
바람과 함께 지나간 시간들을 곱씹지만
그것도 하세월이 또 흐르고 나면
흔적조차 없어진 외딴 산잔등에서
꿈속 천상天上 어디쯤을 헤매고 있겠지.

(2019. 6. 『순수문학』)

묵음시첩默吟詩帖 21
- 용문사 은행나무

늦은 가을이면 노오란 옷을 벗는다
봄 여름 가을까지 영글었던
내 고귀한 결실도 마감하고
한 해 동안 수도修道했던 사유마저
지상으로 풀풀 떠나 보낸다

여기 천년을 살면서 생사고락을 함께 한
내 장엄한 모습 그 기개에서
아아, 경탄敬歎하는 속세의 인간들
저기 용문사 부처님의 미소가
가득 넘쳐넘쳐 오는 날
나는 다시 중생들의 안녕을 위해
시간의 무게를 헤쳐나갈 것이다

때마침 적막을 흔드는 저 종소리
산사에서 흐르는 간절한 기원들을
나를 향해 모두운 채 합장하고 있나니.

(2018. 10. 『서대문문학』)

묵음시첩默吟詩帖 22
― 블랙홀

ㅅ과 ㅈ사이에
긴 터널이 뚫려 있어서
어쩌다가 호기심에 들어갔다가
아뿔사,
질척한 암흑에서 지금까지 허우적이는데
나는 절대로 그들을 유혹하진 않았다
지나가는 여인네를 풍만한 육신을
흘끔흘끔 곁눈질로 훔쳐보다가
사랑이란 감언#을으로
스스로 빠져 죽기를 원하는 남정네들,
아아, 오늘도 틈만 나면
그 위험한 Y계곡을 훑어보고 있는가
어허, 조심해!
홀린 듯 내 곁을 떠나지 못하고
호시탐탐 기회만 노리는 웃자란 욕구들
그러나 혼돈의 사선死線을 넘어
천국인지 지옥인지 지금도 헤매고 있는
그들을 결코 나는 유인하지는 않는다.

(2018. 10. 『서대문문학』)

묵음시첩默吟詩帖 23
— 지우개

하얀 백지에 무심코 써나간 인생론
여기쯤에서 잘못된 부분을 지워야지
일생동안 쓰고 지우고 또 다시 써도
다람쥐 쳇바퀴 돌 듯 제자리에서
머뭇거리는 당신을 위해서
나는 항상 다시 써나갈 넓은 대지를
새로 마련해 두겠네
보다 선명한 그림을 다시 그리는 당신
에잇! 또 잘못 그렸어
돌아보면 허접스러운 삶의 연속이었거늘
아아, 한생이 끝날 때까지
몽당연필과 지우개가 동행하는 언젠가
나의 육신이 다 문드러지는 날
만신창이로 너덜거리는 당신의 몰골도
한 점 구름으로 영원히 떠날 것이네.

(2019. 봄호 『한국시학』)

묵음시첩默吟詩帖 **24**
― 이정표

참 먼 길을 앞만 보고 달려왔다
아직 당도할 거리가 몇 리인지
현재 남아있는 시간이 얼마인지
나를 쳐다보고 계산하지 말라
시간과 거리를 스스로 명상하면서
조금은 느리게, 때로는 쉬엄쉬엄
걸어가라, 가끔 휘파람도 불며
회억回憶 속의 아픔도
현재의 서글픔도 미지의 훗날도
너무 깊게 사유思惟하지 말라
내가 여기 대로변에 오랫동안 서서
당신의 가는 길을 안내하는 것은
숨가쁘게 가는 사람, 오는 사람
어딘지도, 무엇인지도 모를 안착지점 향해
헐떡이며 내달리는 아아,
한 줄기 아슴한 그리움을 남긴 채
그들은 오직 저승의 문만 찾고 있었다.

(2019. 봄호 『한국시학』)

묵음시첩默吟詩帖 25
– 그림자

오늘도 내 주위를 따르며
조심스러이 내 흉내를 내고 있다
꾀죄죄한 외모는 닮아 있어도
깊은 속내는 알지 못한다
아침 햇살과 함께 미행하는 너는
간혹 앉아서 쉬면 말없이 앉아 있고
걷다가 무슨 일로 바삐 뛰게 되면
나보다 먼저 달려 나가는 눈치 빠른
너는 나의 절규까지도 관찰한다.
그래, 그래, 일심동체의 애환이 한낱
유령처럼 내 곁에 위황危慌에 두렵기도 하지만
때로는 위종衛從에 안도安堵하는
영원한 불가분不可分의 동반자여
어둠이 깔리면 훌쩍 떠나버리는
너는 참 이상한 형체, 그러나
내일 날 밝으면 어김없이 다시 찾아와
어디론가 인생길 동행을 예비하겠지
숨겨진 내 존재의 비밀을 탐색하면서.

(2019. 7. 『문예사조』)

묵음시첩默吟詩帖 26
— 자물쇠

그 속을 넘보지 말라
대문에서, 창문에서 혹은 서랍에서
굳게 닫힌 내밀한 공간에
감춰진 그 무엇이
공개되기를 거부한다

'어험, 이리 오 너 라—'
'똑 똑 똑—'
헛기침에도, 노크에도 기척이 없다
아하, 거기에는 궁합이 맞는
사랑의 쇳대*가 필요하다
서로 잠궈둔 허물들을 녹이면
비밀의 빗장은 절로 풀리리라

이 세상 모든 여닫는 일은
누구에게나 쉽게 맡기지 않는다.

* 쇳대 : 열쇠의 방언

(2019. 여름호 『문학시대』)

묵음시첩默吟詩帖 27
― 은하수

너무 아득한 사랑의 메아리
너무 멀어서 들리지도 않았다
한 해를 기다려야 했던 기약이
칠석날 오늘에야 이루어졌나니
밤하늘 황홀한 오작교에서 안긴
견우와 직녀의 눈물바다는
은하로 긴 세월 흘러흘러
지상으로 비를 담뿍 뿌렸나니

― 사랑은 전설을 더욱 반짝이게 하나니.

(2019. 여름호 『문학시대』)

제 3 부

피맛골 지나며

인사동 연가 · 1

시간 나면 여기를 어슬렁거린다
고풍스런 인연들이 기다리고 있다
지필묵 향내 그윽한 우리 할배
참빗 어리빗 곱게 단장한 울 엄마
풍물 가락에 흥이 나는 돌쇠까지
반갑게 손을 내민다
언제나 이곳에 오면
골동품 저마다의 표정이
전통의 먼 그리움들로 웅성웅성
고전적인 멋 한 자락 건네고
덩실덩실 춤사위 영원의 기억들이
가슴 가득 채워 진다
저기엔 한복 곱게 차려입은 남녀들이
중국어, 일본어, 러시아어, 영어로
무슨 말인가 인사동을 짓거리며
손잡고 기웃거리다가 웃음 짓는다
인사동은 그리움의 천국이다.

(2017. 심상 사화집)

인사동 연가 · 2

오늘은 천상병 시인을 만나러
'귀천'에 들렸다.
피어오르는 커피향내 속에서
그는 이미 하늘로 돌아가고 없었다
그의 시 '귀천'을 사기찻잔에 휘휘 저어
커피 한 잔 마시고
벽 한 켠 액자에 갇힌
그의 해죽 웃음만 보고 왔다.
오늘은 목순옥 여사도 보이지 않았다
커피향은 예대로였다
며칠 후에 또 들렸더니
목 여사도 귀천했다고 한다.

(2017. 문예사조 사화집)

인사동 연가 · 3

'순풍에 돛을 달고'에 가면
김윤희 여사가 시인 화가들을 반긴다.
맥주 한 병과 날두부 한 접시로
밤새는 줄도 모르고 왁자한 담소
그냥 웃고 떠들고
시인은 시인대로 화가는 화가대로
인사동 애환은 끝나지 않는 거리
어디서 누구와 얼큰해진 얼굴로
삐걱 문 열고 들어서는 이창년 시형詩兄과
소주 몇 잔에 시를 풀어 둥둥
추억의 담론이 밤 이슥해지도록
언제부턴가 그 가게는 문을 닫고
김 여사도 소식이 두절이라
지금은 인사동 시인들의 눈빛만 어른거리는데
이제 우리들은 어디서 만나
진하디 진한 정을 나누리오.

(2017. 문예사조 사화집)

* 언제부턴가 그 집은 없어지고 김 여사도 떠나고 없었다.

인사동 연가 · 4

길 찾기 쉬운 '수도약국' 앞에서
만나기로 약속한다
연인들만의 거리가 외국 관광객들로 붐비는데
비좁은 인사동길을 비집고
무엇인가 두리번 찾고 있었다
오늘은 무엇으로 그대와
사랑의 언어를 만들 것인가
'군중 속에서 고독'을 되뇌이면서
인파에 밀려가는 또 다른 나
거기에는 분명 누군가의 그리움 한 줌이
차곡차곡 옛날로 쌓이고 있었다.
끝내 나타나지 않는 그 사람
에라, 근처 호프집에서 몇 CC의 취기로
밤길을 흐느적흐느적 사라진다.

(2017. 11. 『중구문학』)

인사동 연가 · 5

우리는 시를 잠시 버리고
사랑도 함께 떠나보냈다
묵향墨香을 따라,
차향茶香을 따라
주향酒香을 따라
갑자기 저쪽 구석에서 낡은 풍금이 울린다
변영아 시인의 선율따라 가곡 한 소절 뿌리며
이 거리에서 낭만을 분배하던
풍류 시인, 화가들이 얼큰한 채
덩실덩실 춤추는 늦은 밤
그들도 떠나고 적막한 선율만 흐른다
까맣게 젖어버린 뒷골목에서
우리는 다시 시를 주워 담고
우리는 다시 사랑을 찾고 있었다.

(2017. 겨울호 『한국시학』)

인사동 연가 · 6

인사동 '시가연'에 예술가들이 들려서
커피 한 잔이나 참이슬 몇 잔 마시고
이놈의 정치가 어떠하느니
우리의 시詩가 어떻느니
썰說을 풀어 놓다가
누구는 시를 한 수 읊고
어떤 이는 목청껏 노래를 부른다

오늘은 시낭송회가 열렸다
분위기가 너무 냉랭하다
낭송인지, 낭독인지 정감이 없다
'시를 들려주는 남자' 이봄비春雨 주인장이
詩와 歌를 정겹게 들려준다
낭랑하다가 더러는 애처롭게
온몸 율동으로 하는 시 퍼포먼스다
우리들은 거기에 흡인되어 술잔만 비우면서
다시 어설픈 썰을 풀어놓는다.

(2017. 겨울호 『한국시학』)

인사동 연가 · 7

오늘은 최광호 시형詩兄을 만났다
지령誌齡 30년이 다가오는 『文學空間』
그 월간지를 한 호의 결호 없이
정성으로 발간하고 있다
그는 듬직한 경상도 사나이다
거기에 '김송배가 만난 문인들'을
60여회 연재하면서 그와의 인연은
더욱 두텁게 영글어 갔다.
오늘은 점심이라도 함께 해야겠다.
커피 한 잔 값도 안 되는 시를 쓰는 일이나
생활에 보탬이 되지 않는 잡지를 만드는 일
모두가 모질게 작심作心한 일이 아니면
지적 자양의 공급을 위해서
평생을 할애할 수는 없는 일
아아, 우리 문학과 문인들의 광장
그 정성을 존경한다
최완욱 편집장도 좁은 사무실에서
오늘도 땀을 훔치고 있었다.

(2017. 겨울. 『한국시학』)

인사동 연가 · 8

인사동에서 낙원악기상가로 건너가면
지하에 먹거리 시장을 이루고 있다.
우선 좌정坐定하자마자
소주와 머릿고기 한 접시를 주문한다
하루의 피로를 마무리 한다
지상에는 마산아구찜, 장어구이, 낙원떡집들이
퇴근하는 무리들을 유혹하고 있다
인사동으로 들어서는 건널목에서
다시 어디론가 호프집을 찾는 주류酒類들
시다, 젊음이다, 멋이다, 낭만이다,
이것이 인생이다, 취기醉氣로 외치는 절규
아직도 인사동은 사랑이 넘친다
밤 인사동은 혼자서도 외롭지 않다.

(2019.『서대문문학』)

인사동 연가 · 9

어느 날 임춘원 시인이
주점酒店을 열었다고 전화가 왔다.
몇몇이 만나 축하 인사차 들렀다.
서글서글한 그의 목소리는 벌써
'모란이 피기까지는
나는 나의 봄을 기둘리고 있을테요'
김영랑의 시가 가곡으로 중후하게 울리고
이어서 '꿈엔들 잊힐리야' 정지용의 '향수'
몇 음절이 주객酒客들 마음을
이미 휘어잡고 있었다.
겨우 찾은 빈자리에는
서예가 운초 정병조가 취흥에 정겨웠다

— 桐千年老 恒藏曲 梅一生寒 不賣香

인사동은 언제나 불야성(不夜城)이다.

(2019.『서대문문학』)

인사동 연가 · 10

안국역에서 내려 차 없는 거리
인사동에 들어서면
느려진 외국인들의 발걸음은
쏼라쏼라, 세계인들의 흥정이
여기저기 주변 상점들에서 들린다
가히 국제의 거리이다

지필묵紙筆墨 가게에서
한지韓紙 한 두름 사들고
오늘은 남인사마당에서
퍼포먼스 공연을 신명나게 관람하다가
탑골공원 아랫골목에서
3,500원짜리 이발을 한다

이미 세월 지난 담소를 나누던
노인들이 장기 한 판에 몰두 하는데
훈수꾼들의 주름살에서는 벌써
황혼의 물결이 넘실거린다.

(2019. 11. 『문학공간』)

인사동 연가 · 11

정득복 시인이 전화를 했다
인사동 문학공간사로 나오란다
― 무슨 좋은 일이라도 있나?

장윤우 선생, 최광호 선배와
넷이서 어느 중국집에 동석이다
이과두주와 중국요리 몇 접시에
그동안의 독백들을 섞어 마신다

― 아직도 그 연세에 독주毒酒를 마시다니…

건강과 낭만을 토하는 노장老將들이
비틀거리며 인사동 거리를 누빈다
쌩긋 웃으며 지나가는 여인네의 발걸음을
훔치는 노욕老慾들은 변함이 없는가보다.

(2019. 11. 『문학공간』)

피맛골의 밤 · 1
– 소문난 집(1)

광화문 교보문고에서 종로 뒷길로
좁다란 골목길 대포집 '열차집' 지나
왼쪽 길로 접어들면 허름한 '소문난집'에는
오늘도 왁자지껄한 담론이 들린다.
오래전에 김요섭 시인이 읊기를
'소주집은 강한 침묵이 잎사귀를 피운 수풀
소주는 서울에서 제일 사나이다운 잘난 사람들의 국어다'
아, 얼마나 공감할 수 있는가.
신동한, 윤병로, 구인환 선생이 아직도 잔을 기울이고
정공채 선생과 미모의 최실장은 다녀갔단다
이창년 형과 장윤우 선생은 지금쯤 오고 있겠지
자욱한 담배 연기와 취기 속에서도
서영순 주인장은 환한 미소로
언제나 반겨주는 지식인들의 안식처이다
그곳에서 술과 시와 정을 섞어버린 나도
'사나이다운 국어'를 주어 담고 있었다.

(2017. 5. 『순수문학』)

피맛골의 밤 · 2
– 소문난 집 (2)

말을 피하는 골목 피마避馬골
조선시대 말타고 행차하는 종로 큰길
나으리들을 피해 골목 안쪽으로 피해 다녔으나
언제부터인가 먹자골목으로 변했다
오늘은 오인문 소설가와 만나기로 했다
탁자 몇 개 안되는 좁은 주막에서
문인들, 신문기자들 만원사례다
담론을 하고 자유토론을 하다가
주제가 불분명한 시 낭독을 하거나
울분에 찬 시국연설 일장을 토해낸다
아아, 우리 주당들의 밤은
시를 쓰고 소설을 쓰면서 역사가 이루어지는가
서 누님(우리는 주인장을 그렇게 불렀다)의
해박한 문단 소식, 사회소식을 진지하게 경청하면서
여기 또 일병 추가요—
야, 썩어죽을 넘들아 고마 쳐묵어라—
술값은 단골에 한해서 외상도 통하는
정감이 밤늦도록 출렁출렁 넘친다.

(2017. 5. 『순수문학』)

피맛골의 밤·3
- 소문난 집(3)

비가 추적추적 내리는 초가을 어느 날
정순영 시인과 만나 술 한 잔 하기로 했다
재개발로 옛적 피맛골은 사라졌지만
종로구청 들어가는 초입 르메이르빌딩
지하에 새로 이사 온 그 집에서
소주와 맥주를 섞어서(혹은 간을 맞추어서)
거기에 詩와 情을 풀어 마신다
실내 장식은 김소월, 박목월, 정공채 등등의
저명한 시인들의 초상화가 걸려 있고
몇몇 시인들의 작품이 입맛을 다시고 있다
어어, 저것은 무엇인가.
三驚何謂也(세 번 놀란다는 것은 무엇을 말하는가)
一則 觀其屋也(첫째 그 집을 보라)
二則 觀其賓也(둘째 그 손님을 보라)
三則 觀其主也(셋째 그 주인을 보라)
삼경원三驚園에서 이제 세 번 놀라는 옛 정감은 없지만
여전히 팔십노장 서 누님의 눈웃음은
주흥을 돋워주고 있었다.

(2017. 여름. 『착각의 시학』)

피맛골의 밤 · 4
— 시인통신

피맛골 중간쯤에 시인들이 많이 모였던 술집
'시인통신'이 있었다.
퇴근하면서 들려보면 2층까지 만원이었다
한귀남 시인이 언제나 환한 미소로
문인들을 반갑게 맞이했다
유재용, 안장환, 김병총 소설가들과
신세훈, 이수화, 장윤우 시인들이
자주 술잔을 마주하고 토론을 벌였다
의미 깊은 낙서들이 벽을 차지하고
풍자적인 그림 솜씨도 보였다
이젠 추억으로 아물거리는 집
도시 재개발로 사라진 옛 정취
지금은 너무 삭막한 세상이 되었다.
'기다림은 아름다운 약속이다'
내가 휘갈겨놓은 낙서(취중의 진실)
어디에서도 찾을 수가 없다
너무 세월만 빠르게 지나갔다.

(2017. 여름. 『착각의 시학』)

자정 장법自淨章法 1
– 소크라테스

새벽잠을 깨면서 그를 만났다.
물론 '철학 이야기' 책 속에 깊이 잠들었던 그
"너 자신을 알라!"
갑자기 큰 소리로 나에게 외친다
아아, 나는 나 자신을 얼마나 알고 있나
그리이스 아테네에서 몇 천년 전의 한 철학가가
온 인류에게 경종을 울렸다
그는 밤낮 없이 가두 청년들과 철학을 담론하지만
저서 한 권 남기지 않았다
70 노경에 사형선고를 받고 탈옥을 권유하는 벗들에게
"악법도 법이다."
독배毒杯를 들고 조용히 임종한다
거기에는 물벼락을 퍼부은 악처 크산티페도
비탄의 울음 터뜨리고 있었다
무지의 자각이 지혜를 사랑하는 영혼
그를 만나는 그 새벽이 멍하다
나는 나를 얼마나 알고 또 사랑하고 있는가
그에게 묻고 또 나에게 다시 묻고 있다.

(2018. 4.『아세아문예』)

자정 장법 2
− 플라톤

나의 스승 소크라테스를 말하려면
내가 쓴 책 『변명』이나 『파이돈』을 읽어봐야지
처음에 나는 시인이었어
그 후에 스승을 만나 오로지 철학에 매진했었지
80평생을 순수한 동정童貞, 독신으로 살았어
"국가의 최고 통치자는 철학자여야 하네"
아카데미에서 강의를 할 때면
그 주도자는 존경하는 스승 소크라테스였어
가령 내가 어떤 결정을 말할 때
언제나 스승으로 하여금 말하게 했어
그리고 나는 주로 '이데아'설을 집약했지
여기에는 일반성을 지닌 논리적인 면과
신에 의해서 창조된 이상적인 의미의 형이상학적인 면
'이데아'의 세계는 고향처럼 그리워하는 목적이 있었어
그 세계에 인간의 영혼이 속해 있었지
지식인들이여, 나를 좀더 알고잪으면
내가 쓴 『국가』에서 「동굴의 비유」를 읽어야지
그래야 철인들의 흉내라도 낼 수 있을지 몰라.

(2018. 9. 『좋은문학』)

자정 장법 3
― 아리스토텔레스

나는 플라톤의 제자이다
소크라테스의 대 스승에서부터
지금까지 그 맥을 잇고 있다
아카데모스 학원에서는 스승과
학문적인 논쟁을 수없이 펼쳐졌다
나의『시학』이나『수사학』은
요즘 시인들도 필독서였다
또한 나의 사상적 표어
'무엇에나 놀라지 않으리(nil admirari)'
내 철학적 영혼은 지금도
기원전 그리이스의 뤼케움의 울창한 숲길에서
깊은 명상에 잠기고 있다
오늘 그를 심중心中에 새기는 어눌한 표정들
소크라테스―플라톤―아리스토텔레스
아직도 이어지는 형상과 질료의 맥은
아아, 너무나 심오한 경지를 생성하고 있다.

(2018. 9.『좋은문학』)

제4부

이보세요

이보세요, 거기서 뭐하세요?

마알간 호수에 얼굴을 비춰 본다
파아란 하늘에 뭉게구름이 지나가다가
물 위에 내려앉아 쉬고 있다
고운 그의 손을 잡으려다가
풍덩 물속으로 빠져 들어간다
여기가 낙원인가.

– 이보세요, 거기서 뭐하세요?

(2019. 가을호 『시원』)

이봐요, 지금 뭐해요?

손에 색색의 물감을 찍어
하얀 백지에 마구 칠한다
아아, 어지럽다

– 이봐요, 지금 뭐해요?

(2019. 가을호 『시원』)

이것봐, 시방 뭐해?

단떼의 시집 「신곡」 속에서
비르질리오의 안내를 받아
지옥, 연옥, 천국―
아찔아찔 순서대로 방문했으나
결국 베아트리체의 사랑은 만날 수 없었다
이 일을 어찌 하면 좋겠소?
푸른 별로 반짝이는 그를 만나야 하는데―
내가 머물 곳은 지옥인가, 천국인가
아니면 억겁을 부유하는 지친 영혼인가
오늘도 하늘만 멍하게 쳐다보고 있었다
천국으로 가는 꿈길을 헤매고 있었다.

― 이것봐, 니, 시방 뭐하고 있니?

(2019. 가을호 『시원』)

여보세요, 지금 뭐 하세요?

관습적으로 손바닥을 치다가
손등을 치고 다시
발등을 두들기다가 또 발바닥을…
종아리도 주무르면서
팔다리를 휘휘 내저어 본다
혈류血流야, 수축된 혈관에게 귀띔한다
노년老年에 어쩔 수 없는 일상인가
아니아니, 나에게도 청춘은 있었던 걸-

- 할아버지, 지금 뭐 하세요?

(2019. 가을호 『시원』)

여보, 지금까지 뭐 하요?

나이 들면 많이 걸어야 한대
날마다 홍제천길을 걷는다
빠르지 않게, 힘들지 않게
둥실 저 구름도 동행한다
가끔 가슴 쭈욱 펴면서
심호흡을 한다
그래그래 등산이나 계단 오르기는 안돼—
한가한 물고기들이 애처로운
눈치를 올려 보낸다
물오리 한 쌍 아직 건장하게
그들만의 밀회를 나누고 있다

— 여보, 나 지금까지 뭐 하고 있는 거요?

(2019. 7. 『종로문학』)

친구야, 니 시방 뭐하노?

길바닥에 굴러 팔이 비틀어졌다
정형외과에서 X-Ray를 찍고 깁스를 하고
한쪽 팔을 둘러메고 쯧쯧
오늘은 한의원에서 몇 대의 침을 맞고
어깨에서 사혈瀉血을 하고
아아, 그래도 아물지 않는 통증
그래, 매사每事 조심하라 안켔노―
이젠 삶 전부가 어쩔 수 없는 기라
그런께내 정신 차리거래이
세월 속으로 빠져나가는 근력筋力
빠른 완쾌의 희망은 자꾸 저 멀리서
손사래만 치고 있다, 무슨 의미일까

아, 친구야, 니 시방 뭐하고 있노?

(2019. 7. 『종로문학』)

선생님, 지금 뭐하시는 겁니까?

정말로 시란 무엇입니까? 두근두근
에, 시는 바로 이런 것이야, 중얼중얼
또 인생도 이런 거야, 조잘조잘
그럼 산다는 무엇입니까, 도리도리
아니 그런 해답이 어디 있습니까, 똘방똘방
시나 인생이나 거기서 거기지, 끄덕끄덕
물론 산다는 것이나 죽는다는 것도 그럴테지,
존재는 소멸과 어쩌면 동의어일거야, 절래절래
인식이나 성찰이나, 사랑이나 질투나
믿음이나 배신이나, 부귀나 천대나
전쟁이나 평화나, 또 선이나 악이나
뭐 그런 것들이, 다 그런 거지 뭐, 해작해작
아유, 모르겠다. 소주나 한 잔 해야지
그래서 요즘 맨날 혼자서 홀작홀짝
마침 한 떼의 구름도 어쩐 일인지, 허청허청

선생님, 이런 것들이 시입니까?

(2019. 여름.『한국시학』)

이 뭐꼬?

하릴없이 핸드폰을 이리저리 훑다가
올 때도 없는 전화번호를 뒤적이다가
카톡 문자를 읽다가 갑자기
퉤퉤 침을 탁 뱉아버렸다

다시 요즘 텔레비를 켜면
여의도 정치판의 막가파 다툼이나
잘 먹고 오래 사는 요리 프로
그리고 암보험, 장의사 광고가 넘친다
또 다시 퉤퉤—

참말로 세상이 이 뭐꼬?

(2020. 『한글문학』 19호)

아하, 그렇구나 · 1

빨강색과 파랑색이 겹쳐지면 보라색이 된데요
빨주노초파남보 모두가 합쳐지면 무슨 색이 될까요
무색, 무취를 좋아했던 한 노인이
어느 날 새까맣게 타버린 채 누워있었다
이건 아닌데.

달빛이 내려앉은 들판, 어디로 갈까
꿈속에서 무작정 내달리는 한 사람
여긴가, 아니다. 밝음과 어둠의 중간지점 쯤에서
이승과 저승의 간극間隙에 머물고 말았다
아뿔사.

(2020.『한글문학』19호)

아하, 그렇구나 · 2

시내버스를 타고 한 노인이
손잡이를 꽉잡은 채
빈자리를 찾아 두리번거리다가
아찔아찔 흔들린다
앞에 앉은 젊은이가 흘깃 쳐다보다가
핸드폰만 만지작거린다

'장애인 노약자 임산부 영유아동반자＝교통약자석'
'이 자리를 필요로 하시는 분께 양보 바랍니다'

아직도 우리들은 문맹자文盲者와
귀머거리들이 득실거리는 차안에서
후진국 국민으로 만 살아가고 있었다.

(2020. 봄. 『문학과창작』)

아하, 그렇구나 · 3

우수 경칩 지나자 동면에서 깬 개구리들
폴짝폴짝 세상 밖으로 나와
풍덩풍덩 물웅덩이에 몸을 던진다
이내 개골개골 봄소식이 요란하다
사랑을 부르는 애타는 노래인가
아아, 아니다. 며칠 후
춘래불사춘春來不似春
이 세상 이상기온으로
모든 개구리들은 사체로 둥둥 떠 있었다
그날 부른 노래는 죽음을 예감한
애잔한 곡성哭聲이었다.

(2020. 봄. 『문학과창작』)

제5부

독도 입도하다

평창에서 시인들이

백두대간의 정기가 흘러 멈춘 이곳에
2018년 동계올림픽 성공 기원을 위한
'2017 평창 한중일 시인축제'가 열리고
'평화, 환경, 치유' - 시를 통한 메시지
- 오세영(한국), 뤼진(중국), 이시카와 이쓰코(일본)
알펜시아 컨벤션센터에서 시음詩吟이 울린다
문득, 눈 내린 대관령 근처에서
승전보의 함성이 울려오는 듯하다
지구촌으로 퍼져나갈 아아
올림픽 건아들이 평창에서의 환희
평화와 우정의 깃발로 펄럭일 것이다
온 국민이 염원하는 성공을 위한
시의 교류가 세계의 영원한 평화를 위해
대한민국의 하늘에서 메아리치는데
- 감사합니다. 안녕히 가세요
- 씨에씨에. 짜이 찌엔
- 아리가또 고자이마스. 사요나라
2018년 평창에서 또 만나요.

(2017. 11. 한중일 시인축제 시집)

금강전도 金剛全圖

나는 선녀로 비상하여
내금강을 돌아 만폭동 계곡까지
흰 구름에 싸여 더러는 햇살과 소곤대며
자연의 숨소리를 느끼고 있었네

– 260 여년 전, 畵仙 謙齋 鄭歚의 眞景山水畵

시간에 묻혀서 드러나지 않던
그 신비의 화폭이여
다시 역사는 남북으로 나눈 채
민족의 한으로 남았다가
지금사 들어보는 신선의 노래
아아, 일만 이천 봉우리
비상하지 못한 선녀들 옹기종기
비로봉에 우뚝 산세로 남아
한반도의 기개를 절경으로 새기노니
금강산 휘휘 돌아가는 무심한 구름
덧없는 세월과 함께 떠돌고 있었네.

(한국시인협회–국보사랑 시 운동)

족의族誼, 그 영원한 기원

여기, 포효咆哮하는 경인년 백호白虎의 기상이
한반도 강산 삼천리에 새해의 광명으로 감돈다
반만년 신비의 금수강산 옥토 위에
신라의 자랑스런 후예後裔 우리 의성 김문義城金門은
찬란히 비상하는 동방의 예지叡智로
동해에 넘실대는 일출처럼
백두 한라를 휘도는 무지개처럼
새 역사의 창조를 위해
족의族誼의 영원한 축복을 기원하리니
아아, 선조들의 인덕仁德과 예악禮樂의 은택恩澤으로
후손들은 그 영혼을 지혜롭게 계승하여
풍요로운 삶의 정신을 불변不變으로 누리나니
이 아침, 화사華奢한 새 희망을 담아
우리들의 우렁찬 합창을 울리리라

우리들 생명의 뿌리 천년을 이어
그 은은한 화합과 화평의 메아리는
의성 문중義城門中의 광채光彩로 빛나는데
번영의 지평이여, 웅비雄飛의 기개氣槪여

천손 만대千孫萬代까지 면면綿綿히 흘러라
경인년 그 상서로운 슬기와
장엄한 불굴의 정신 그 정열은
이 땅, 이 역사의 진정한 향기로 남아
칠 천만 한 민족의 귀감龜鑑이 되리라
조국의 통일 성업에 동량棟梁이 되리라
아아, 우리 후손들의 영광으로 간직하리라.

(2011. 의성김씨종보−31세손, 괴정공파)

그 염원의 촛불로

동해 바다 붉게 물든 2011년 새빛이
아름다운 이 산하에 광명으로 감돈다
한반도 축복받은 이 땅에서
우리의 염원도 촛불로 넘치노니
반만년 신비의 금수강산 옥토 위에
찬란히 비상하는 동방의 햇살이여
아아, 백두산 영봉을 휘도는 무지개
한라산에서도 민족의 혼불로
우리는 통일의 대망을 성취하는
새 역사를 창조하리라.
우리들 영혼은 지혜롭다
여기, 일원—圓의 횃불 높이 밝혀
칠천만 맑은 기원의 성취로
승화한 슬기는 영광으로 빛나고
풍요로운 삶은 정신에서 다시 누리리니
이 아침, 화사한 햇살을 닮아
온 천지에 메아리 메아리질
우리의 희망찬 노래를 부르리라
한 민족 웅비의 숨소리

세계 인류의 행복을 선도하는
염원의 촛불을 밝히자
창조의 성취를 노래하자.

(2011. 1. 월불교신문)

인생 항해의 첫걸음
- 2018년 성년식에 붙여

창공을 푸르게, 활기차게 비상하라
근엄하던 부모님의 따스한 품안을 벗어나
이제 네가 세웠던 인생대로를 향해
왕성한 혈기로 새롭게 출발하라
거기엔 어쩌다가 먹구름이 몰려있고
천둥번개가 몰아쳐 위협을 해도
이를 극복하며 전진하는 기개를 맘껏 펼쳐라
아아, 오늘 네가 내딛는 장엄한 발걸음에
우렁찬 응원의 함성이 들리고
열락悅樂의 찬가가 천지를 진동하노니
어엿한 성년으로서, 사회인으로서
당당한 기품으로 우뚝 서서 나아가라
여기 네가 스무살이 되는 축복의 날을 맞아
미래의 주역으로서의 책임과 의무를 다해야
이 나라 젊은이의 모범으로 살아가지 않겠나
지금은 잊혀져 가지만 옛날 풍습에는
남자는 갓을 쓰고 여자는 머리를 쪽지고
가족과 어른들에게 인사하는 미덕도 있었다만,
이 시대가 요구하는 인생의 덕목은

더 넓게, 더 높게, 더 바르게 살아가는 것이리라
오늘 너에게 장미 스무 송이를 선물하노니
저 청청한 장도壯途를 영원히 전진하라.

(2019. 문예사조 사화집)

합 천
- 우리 마을 시집

경상도 옛 대야성터에 올라보라
우리의 젖줄 황강 은빛 물결이
둥둥둥 죽죽竹竹의 북소리로 흐른다
대야벌 옥토 위에 물길을 트는 날
조상들 천년 슬기의 혼불을 지폈노니
영겁의 지혜 신비의 메아리는
가야산 영봉 서운瑞雲으로 감돌고
해인사 팔만대장경 은은한 독경 소리
홍류동 계곡 무지개로 어리어
오늘도 합천호반에서 영롱한데
아, 함벽루에 풍류를 새긴 시인 묵객들
고고한 선비의 흔적들만 유장한가
용주골 산중 황계폭포 안개 물보라
온유한 합천 사람 영혼으로 비상한다
백 리 벚꽃길따라 황강물로 흘러보라
열 일곱 골골마다 흥겨운 풍년가
풍요로워라. 번영하라. 영원하라
황매산 철쭉이 전설로 화사하다.

(한국시인협회-경상남도 합천군 편)

독도, 상륙하다

오늘 강릉항 바다는 평온하다
약간의 배멀미를 이겨내고
울릉도 저동항에 무탈하게 도착
여기서의 파고波高는 감지되지 않았지만
다시 독도행으로 육신을 싣고 떠나면서
이번에는 꿈의 환상이 이루어지겠지
하선下船하자 먼저 맑은 바람이 맞아준다
'독도는 우리 땅, 독도여 영원하라'
깊이 이글거리던 속맘을 후련히 털어내고
반기는 괭이갈매기들의 합창을 듣는다
동쪽 왜구들의 무자비한 위협을 물리치고
얼마나 한반도의 평화를 그리워했을까
이사부길 지나 바라본 산꼭대기에는
아아, 절해고도의 파도로 전해주는
'韓國領'을 지키는 파수병들의 구호가
단애의 섬을 빙빙 한 바퀴 돌아
바다새들의 환송으로 먼 동해를 넘어
아직도 강릉항까지 우렁차게 적시고 있다.

(2019. 가을.『통일로문학』창간호)

독도 품에 안기다

절해고도에 우뚝 서서
염원하는 한반도의 통일 평화
너와 나의 소망을 확인하기 위해
오랜 전부터 너를 찾았으나
어인 일인지 풍랑에 막혀
끝내 나의 입도立島를 허락하지 않아
네 곁에서 몇 바퀴 빙빙 돌다가
그냥 울릉도를 떠나고 말았다

이번엔 청명한 날씨, 잔잔한 파고波高
삼수三修 만에 드디어 너의 품에 안겼다
'독도는 우리 땅' 모두들 만세를 불렀다
'독도이사부길' 지나 수평선 언저리
갈매기들 한가로운 우리들의 낙원,
아아, 저 멀리 왜구倭寇가 넘보는 [韓國領]
여기 우리의 영혼은 이를 용서치 않으리라

너는 수만 년의 한반도의 역사와 함께
외롭게, 슬프게. 아프게 머물었느냐

이제 저 높이 휘날리는 태극기를 보라
분단의 아픔이나 침략의 근성들을
수호의 넓은 숨결로 품어 안았으니
영원한 너의 체온이 아직도 빛나고 있다.

(2019. 8. 한국해양재단 작품집)

해상 산책 海上散策

오늘은 순풍順風이다
어제까지는 용왕님의 진노震怒로
거센 풍랑이 몰아쳐 입출항이 끊긴 채
서해5도로 향하는 아늑한 정들이 멈춘 뱃길
이제사 뱃고동 소리는 생기가 돈다

오늘은 순항順航이다
간혹 NLL 부근에서 책동하는 망발이나
날마다 발생하는 불법 어로의 해적들을
온몸으로 막아내는 바다의 파수대에게
지금은 수평선에서 불어오는 하늬바람이
울분의 파도를 잠재우고 있다

만선의 깃발을 올려라
해상에도 아니 저 멀리 태평양에서도
풍력계가 제자리로 돌아간 잔잔한 품속
풍어가가 평화로운 물결로 출렁이는데
갈매기들 합창은 이미 시작되었다

자, 이제 뱃고동을 더 세차게 울려라
아침에 짙게 깔렸던 해무海霧 걷어내고
망망대해로 향하는 푸른 해조음이
청명한 하늘까지 퍼져나가는 오늘도
부웅부웅 자애慈愛의 꿈으로 빛난다.

(2019. 10. 인천해양경찰청 작품집)

소나무 시인 수연水然 박희진

'소나무는 그 그늘에서조차
엷은 보랏빛 神韻이 감돈다'
소나무 시인 수연 박희진 선생
2015년 3월 31일
이 세상을 하직했다
그 푸른 소나무 그늘에 앉아서
풍진의 세속을 저 멀리 외면한 채
오로지 영혼의 그림자를 그리워한 시인
그는 고요로움 잔잔한 소나무로 돌아갔다.
그가 돌아간 자연의 고향에서
못다 푼 시혼들을 불러 모아
이승의 번뇌를 지우고
정갈한 순수를 노래하는 시인이여
이제 아름다운 神韻과 더불어
'60년대 사화집'을 펼쳐 들고
'공간 시낭독회'에서의 열정으로
아아, 온 천지를 다시 밝히리라
낭만적인 바탕에서 상징적으로
천지인天地人의 조화를 통한

우리 인간성 회복을 염원한 시인이여
부처님의 설법처럼 진실을 탐구한 시인이여
만세萬世에 영원히 빛날 한 그루 소나무여
인생 85년의 생애는
한국문학사에 기록될 정신적인 지주였다.

(2018.『이담문학』)

주선酒仙 정공채 시인

그는 '미8군의 차'를 끝내 타지 않았다
그러나 지금은 인사동 거리에서도
그를 만날 수가 없다
일산 암병원에 문병을 갔을 때
그는 삶을 포기한 듯한 눈동자에
눈물이 이슬로 맺혀 있었다

그해 4월 향훈과 함께 떠나버렸다
고향 하동 금오영당으로 거처를 옮겼다
육신은 한 줌 흙으로 돌아갔지만
영혼은 시 '미8군의 차' 1,500행에
영원한 혼불로 담아 두었다
반미주의 작품이라고 끌려가서
사상적 조사를 받고 풀려났으나
시와 시인의 명망이 사장(死藏)되고 말았다

  − 세상 떠나면서 운다/ 그 때 태어날 때와 지금 운다/
    눈물소리 못내고 한두 방울/ 이 빗방울에 말도 없이
    고별사를 안긴다/ 잘 있거라 내 사랑아.

영면하기 전에 『월간문학』에 '고별사'를 남겼다
'정공채 시집 있습니까' 자문하면서
시와 살고 시와 함께 떠났다
이제 피팟골 어디에서 호음豪飮도 끝났다
그는 '미8군의 차'를 타고 홀연히 가버렸다.

* '미8군의 차' : 정공채 시집.
* 그는 2008년 4월에 떠났다.

(정공채 시인 추모제)

제야除夜의 언어
- 2019년을 보내며

한 해를 떠나보내는 마지막 밤
아슴하게 지워지려는 지난 기억을
조각조각 기워 다시 펼친다
다사다난多事多難이란 무거운 말은
석양이 산을 넘는 길목에서 쓰는가보다
그 옛날 어머니는 지등紙燈을 밝히고
객지에 나간 나를 밤늦도록 기다렸지만
나는 촛불 하나 경건하게 켜놓고
켜켜이 포개진 나이테를 헤아리고 있다
뎅그렁 뎅그렁 아아, 벌써
보신각에서 제야의 종이 울린다
이 시각만 지나면 또 주름살을 더해야 하는
그래그래 순응해야지,
그래, 인력으로 어쩔 수 없는 일
무탈하게 한 해를 살아온 궤적軌跡에서
저 종소리 끝나더라도 시간의 남루襤褸는
더욱 우리들의 욕망을 보태 나갈 것인 즉
지워야 한다, 버려야 한다
이 세상 모든 생사의 허물을 비워야 한다

이미 이슥해진 삼경三更의 칠흑 적막이
새해를 예인하는 시간의 언어로 소곤거린다.

(2019. 12. 금천신문)

해설

외로움을 이길 수 있게 하는
몇 가지 실천방안

외로움을 이길 수 있게 하는 몇 가지 실천방안

이 승 하
(시인. 중앙대 교수)

    김송배 시인이 열두 번째 시집을 내고자 준비 중이다. 1983년에 등단했으니 등단한 지 37년이 되었다. 3년에 한 권씩의 시집을 내 온 셈이다. 이번 시집은 산수傘壽를 몇 년 앞두고서 인생을 총결산하려는 의미가 크다. 시집을 읽으면서 해설자가 느낀 것이 바로 이것이다. 시편이 쌓였기에 묶어서 내는 것이 아니라 정점을 한 번 찍고자 하는 의욕과 열정이 느껴진다. 제일 앞머리에 놓인 시부터 찬찬히 읽어보자.

    나는 본래 바람이었다
    정처 없이 불어 다니는 무숙자無宿者
    언제나 별빛 한 줄기에도
    흔들리며 눈물짓는 허수아비였지
    나는 사랑을 모르고

그냥 내달리는 논벌에서
　　어눌한 한 줄기 가난의 생명줄만
　　겨우 영위하던 방랑자의 후예
　　　　　　　　　　－「바람의 편린」 전반부

　　일종의 자화상으로 읽히는 이 시에서 시인은 자신을 '바람'과 '무숙자'라 칭하고 "가난의 생명줄만/겨우 영위하던 방랑자의 후예"라고 설명한다. 바람은 정해진 거처가 없는 나그네이다. 또한 이름도 없다. 태풍은 이름이 있지만 시인은 대체로 세속적인 명성이나 유명세와는 거리가 먼 존재이다. 게다가 직업군 중에서 제일 가난한 이가 시인이라고 한다. 원고료 안 주는 문예지도 많으므로 시를 써서 돈을 버는 이는 대한민국에 10명도 되지 않는다. 뒤에 논의하겠지만 김송배 시인은 경남 합천의 한 농사꾼 집안의 둘째아들이다. 가난한 성장기를 보냈고, 성인이 된 이후 시를 쓰면서 적수공권의 삶을 영위해 왔다.

　　누구나 밝은 태양을 기원하지만
　　후줄근한 몰골에서 풍기는 절망의 눈빛은
　　지금도 하염없이 밀려다니는 바람
　　갈피를 잡지 못하는 내 자화상은

언제쯤 어디에서 안착安着할 수 있을까
착목着目하는 사물마다 사람 냄새가
물씬 내뿜는 그런 세상에 살고 싶다
나는 아직도 어쩔 수 없는 바람이다.

                                    -「바람의 편린」 후반부

　바람이기에 나는 어디에도 안착할 수 없는 존재
지만 사람 냄새 물씬 풍기는 세상에서 살고 싶은
것이 소망이라고 한다. 시집을 통독하면 김송배 시
인은 정처 없이 떠도는 무숙자의 기질을 갖고 있지
만 사람(문우와 제자들일 게다)이 너무 좋아 오늘도
술잔을 기울이는 낭만주의자의 성향을 또한 지니고
있음을 알게 될 것이다. 그런데 이 사바세계는 어떤
곳인가.

　현실은 나에게 굴종屈從을 강요한다
　현실은 언제나 매우 가혹하다
　정서의 환기도 먹통이며
　생물적 의식주도 냉정하게 거부한 채
　무섭게 얽어매려는 유혹
　보이지 않는 생존경쟁은
　긍정도 아닌, 부정도 아닌 어정쩡한 행보
　쾌감과 도취의 감도에서 탈출할 수가 없다

너무나 바쁘게 돌아가는 인간사 어지럽다

―「초연^{超然}을 향하여」 부분

화자의 현실인식은 아주 부정적이다. 특히, 정서
의 환기가 먹통인 세상이다. 보이지 않는 생존경쟁
속에서 화자는 "긍정도 부정도 아닌 어정쩡한 행보"
를 하고 있다. "이해득실의 타산은 강물에 띄워버리
고 / 토굴 속 어둠과 좌선으로 참선을 해야 하나" 하
는 구절에 요즈음의 고민이 잘 나타나 있다. 김송배
시인은 조계사 불교대학을 수료한 재가불자이다. 그
래서인지 무중력일 때 '초연'은 홀연히 나타난다고
하면서 이것이 바로 부처님이 해탈할 때의 광명이
아닌가 하고 생각한다. 붓다는 여러 날 참선을 하고
있다가 새벽하늘의 별(금성)을 보고 전광석화처럼
깨달음을 얻었다고 한다. 초연, 즉 초월을 지향하는
시인의 세계관은 다분히 불교적이다. "언제부터인가
영혼과 함께 영원히 안주할 / 허술한 토굴 하나를 지
금까지 파고 있었다"(「영혼의 토굴」)고 고백하거나,
"바람으로 구름으로 / 자비를 풀어 영혼을 감싸 안아 /
저 명민한 지혜의 나래를 펼치"(「묵음시첩 3 ― 불탑」)
기를 간절히 소망하면서 해탈의 순간을 꿈꾼다. 고
향 합천에는 해인사라는 고찰이 있는데 시인의 고향
이 합천인 것도 이러한 종교적 성찰의 세계로 유도

한 원인(遠因)이 된 것이 아닐까.

　영겁의 지혜 신비의 메아리는
　가야산 영봉 서운(瑞雲)으로 감돌고
　해인사 팔만대장경 은은한 독경 소리
　홍류동 계곡 무지개로 어리어
　오늘도 합천호반에서 영롱한데
　아, 함벽루에 풍류를 새긴 시인 묵객들
　고고한 선비의 흔적들만 유장한가
　용주골 산중 황계폭포 안개 물보라
　온유한 합천 사람 영혼으로 비상한다
　　　　　　　　　　　　　 －「합천」 부분

　이 시에서 불교와 유교는 반목하지 않는다. "해인
사 팔만대장경 은은한 독경 소리"는 시인의 인식의
지평을 영겁의 세계로 넓혀주었다. 합천의 수려한
풍광은 현실 치세에 나선 선비들을 키워내는 데 일
조하였다. 게다가 그 선비들은 풍류를 알고 시·서·
화를 알았다. "백 리 벚꽃 길 따라 황강물로 흘러보
라/ 열일곱 골골마다 흥겨운 풍년가"에 이르면 마을
자체가 한 권의 시집인 합천이다. 고향마을을 너무
나 아름답게 그려 봄이 오면 해설자도 그곳에 가보
고 싶은 충동에 시달릴 것이다.

시인의 근황 몇 편에서 시를 잘 쓰고 싶다는 열
망을 표현하고 있다. "별 하나 줍는 것처럼 / 별시
한 편 건지기도 어렵다"(「근황 1」)고 하거나 "건져
올리지 못할 심원心願 가득한 / 시혼의 절규가 용틀임
친다"(「근황 2」)고 하면서 자신의 근황이 살아가는
모습이 아니라 좋은 시에 대한 열망을 피력한 것이
이채롭다. "서두를 일이 없다 / 천천히 만사萬事를 정
리하면서 / 살아가는 연습이 필요한 때"(「근황 5」)라
고 다짐하기도 하지만 요즈음 들어 고독감을 부쩍
느끼고 있음을 다음과 같이 고백한다.

이 세상에서 가장 무서운 것은
고독하다는 거, 우수에 젖는다는 거
그래서 괴로워하다가 어쩔 수 없어서
남은 시간을 스스로 버리는 거
누구도 누구네도
이 무서운 병, 옹두리를 치유하지 못한다
— 「근황 3」 부분

나이가 '산수'에 다가간다는 것은 친구들이 하나둘
떠난다는 것을 의미한다. 고향의 친척과 지인, 문단
의 동료, 문단 선·후배가 사라지는 것은 물론이거니
와 자신도 그들의 대열을 따라 아주 멀고 알 수 없

는 세계로 가게 됨을 불현듯이 느끼게 된다. 하지만
시인은 고독감을 떨쳐버리려고 시를 쓴다. 어디론가
바삐 떠나가는 시간만 탓하고 있으면 무슨 소용이
있는가. 그래서 시인은 고향 이야기를 본격적으로
할 생각을 한다. 연작시 「흔적」 7편을 쓰게 된 이유
를 다음과 같이 분명히 밝히고 있다.

> 이제서야 가난에 찌들었던 옛 시절
> 눈물 마르지 않던 아픔의 흔적을
> 조심스러이 얘기할 때가 되었습니다
> 뒷동산에 올라 뜨겁게 흐느끼던 유년들이
> 아아, 희수喜壽가 넘고서야
> 그때의 슬픔을 되새기고 있습니다
>
> − 「흔적 5」 부분

"가난에 찌들었던 옛 시절"이라고 하였다. 그 이
유는 "먼저 떠나간 아버지를 기다리는 어머니/한
많은 삶으로 한 생을 다스리셨습니다"라는 구절에
나와 있듯이 아버지가 좀 일찍 세상을 버린 데 있
었던 것이 아닐까. 아버지에 대한 이야기가 여러 편
에 걸쳐 전개된다.

일제 막바지 히로시마 원자탄을 피해

미리 고향으로 돌아온 아버지는
맨손으로 초가삼간을 손수 지으셨다
흙벽을 바르고 창호지로 문을 발랐다
흙담을 쌓고 싸리울타리도 둘렀다
우리들의 아늑한 보금자리였다
안채 부엌에서는 어머니가
보릿고개에 훑어온 청보리 알맹이와
뒷산에서 뜯어온 풋나물로 밥을 지어
마루에서 온 식구가 끼니를 때웠다
　　　　　　　　　　－「흔적 1」 부분

　일본에서 귀국한 아버지가 일군 땅, 즉 변변한 전
답이 고향에 있었던 것 같지 않다. "삶이 먹고 사는
문제가 전부였던 시절"(「흔적 2」)에 "아버지의 헛간
에는 / 자질구레한 살림 기구들이 / 가지런히 줄지어
늘려 있었다"(「흔적 3」). 농사꾼 아버지에게는 큰 즐
거움이 있었으니 읍내 장에 갔다 들이켜고 오는 탁
배기 한 사발이었다. (아버지를 닮아서 그런지 시인
도 애주가이다. 지금은 많이 줄었지만.) 술기운이 오
른 아버지가 등장하는 시를 보자.

　여름이면 앞마당 감나무 밑 평상에서
　숙제를 하다가 잠이 들기도 했다

툭툭 풋감 떨어지는 소리에
복실강아지가 컹컹컹 짖었다
밤에는 바랭이풀 캐다가 모깃불을 피웠다
읍내 장에 갔던 아버지가 탁배기 한 사발에
어험, 어험, 갈지자걸음으로
밤늦게 마당에 들어선다
손에 들린 것은 간 배인 갈치 몇 토막이다
하루 종일 장터에서 헤매다가 돌아와서도
논배미 물꼬 걱정이 앞선다
                              ─「흔적 5」 부분

  김송배 소년이 마당 평상에서 숙제를 하다가 잠
이 들었다. 아, 시간의 무시무시한 힘이여. 남가일몽
南柯一夢처럼 덧없는 우리 인생이여. 그래서 시를 쓰
고 있는 것이려니. 그래서 시인이 되어 "이승을 떠
난 부모형제의 애절한 노래가 / 조금씩 지워져 가는
세상에서 / 지난날 헐벗었던 궤적들이 그립습니다."라
고 쓰고 있는 것이려니. 가족의 이산도 가난 때문이
었다. 지금 젊은 세대는 결코 이해하지 못할 궁핍의
정도 중에서도 가장 처절한 절대빈곤이라는 것. '입
에 풀칠한다'는 말의 뜻을 동네 편의점마다 컵라면
이 쌓여 있는 이 시대의 젊은이가 어찌 이해할 수
있단 말인가.

청보리 훑어 죽 한 사발 올려놓고
한숨짓는 어머니와
농주農酒 한 대접으로 시름 달래던
무뚝뚝한 아버지
고향집과 농토 팔아서 도시로 떠난
초라한 뒷모습의 형님
그리고 돈 벌어 잘살겠다고,
못 배운 한으로 보따리 싼 동생은
이미 이 세상 밖 먼 길 떠나버렸다
                              － 「흔적 6」 부분

　세월이 흘러 부모형제 다 세상 떠나고 "이제 덩
그러니 나 홀로 남아서" 인생의 황혼기에 접어들고
보니 회억에 사로잡히곤 한다. 게다가 그 초가삼간
마저 불이 나서 "도민증에 붙여진 아버지 사진이/
반쯤 타다가 물에 젖은 채/마당 한구석에 쓰레기로
버려졌"(「흔적 7」)으니 아버지를 여읜 슬픔이 배가
된다. 다행히 환히 웃고 있는 어머니의 사진은 남아
있나 보다. "하마터면/오늘도 별로 반짝이는 부모
님 존안(尊顔)을/잊을 뻔한 불효로 눈물 흘리"는
일은 일어나지 않았다. 시집의 제목이 의미심장하다.
시간이 파괴할 수 없는 것들이 있다는 뜻이리라. 삶
이란 지우는 것이면서 동시에 남기는 것이다. '남김'

의 표상은 바로 시집이다. 기억은 토막토막 끊어지거나 지우개가 연필로 쓴 것을 지우듯이 지워질지라도 시는 남는다. 시집『지워진 흔적 남겨진 여백』은 남는다.

제2부의 시는 '黙吟詩帖'이라는 제목으로 묶여졌다. 아마도 스님들이 동안거와 하안거를 하면서 오랫동안 묵언 참선에 드는 것처럼 시인도 나름대로 시 쓰기를 묵언 수행의 일환으로 생각하고서 이런 시를 쓴 것이 아닐까. 불가에서는 언어도단言語道斷이라고 하여 깨달음의 경지를 표현할 말이 달리 없다고 했지만 시인은 시로써밖에 자신의 생각을 나타낼 수가 없다.

계절 따라 형형색색의 자태 뽐내어도
묵시黙示로 오늘도 좌선坐禪하는 기품氣稟
아아, 그의 깊은 속내는 끝내 알 수 없는가.
                              -「묵음시첩 1」 부분

청산을 노래한 첫 번째 시다. 청산은 아무 말 없이 좌선하는 기품을 보여준다. 하지만 그 내면에는 "삭이지 못한 어떤 혈류가 / 무겁게 용틀임 치고 있는지도 모르겠다"고 한다. 사실 산은 멀리서 보면 고요한 것 같지만 안에 들어가 보면 식물은 식물대로 동물은 동물대로 곤충은 곤충대로 적자생존하기 위해 투쟁하고 있는 중이다. 청산은 수천 년을 묵상으로 앉아서 시인에게 말을 건넨다. 그중 하나가 고사목이다. "천년 세월 풍상에서 해탈하여 / 그 흔적마저 지워져 가는 영혼 / 아직 삭지 못한 한을 풀어내는 영혼"(「묵음시첩 2」)을 가진 고사목도 시인에게는 묵음으로 가르침을 주는 고승이나 마찬가지다. 불탑을 화자로 삼은 시에서도 시인은 존재의 의미와 생의 구경究竟을 탐색하고 있다. 이 시에서 불탑은 너희들(사람)에게 왜 이렇게밖에 못 사느냐고 꾸짖는다.

  너희들의 가없은 서원誓願의 호소를
  내 너무 잘 알고 있느니
  오오, 백여덟 바퀴의 간절한 그 무엇이
  바람으로 구름으로
  자비를 풀어 영혼을 감싸 안아
  저 명민한 지혜의 나래를 펼치노니
  돌아가거라, 다 속세로 돌아간 자리
  나는 다시 무아無我로 남아
  영원을 너와 함께 머물 것이로니.
                    - 「묵음시첩 3」 부분

이 시는 시집의 모든 시편 중에서도 최고 절창이 아닌가 하는데, 불탑을 관찰이나 관조의 대상으로 두지 않고 화자를 불탑으로 했기 때문에 가능했다고 본다. 사람들은 무엇인가 바라는 것이 있어서 절에 가서 절도 하고 탑도 돌고 시주도 하는데 의인화된 불탑은 사람들이 좀 딱하다. 빌어서 구할 수도 있지만 사람 가운데서 추구해야 이룩할 수 있음을 불탑은, 아니 시인은 잘 알고 있다. 즉, 비원悲願보다 중요한 것이 실천임을 말해주고 싶어서 쓴 시라고 볼 수 있다. 시인은 바위에 빗대어 이렇게 살아가겠다고 다짐하기도 한다.

나는 항상 울먹울먹 눈물 머금은 채
하늘 우러러 살겠습니다

누군가 지나가다가
무심코 내 몸을 손으로 만지거나
흙발로 툭툭 차면서 외면하더라도

나는 인내를 내세우며
용서하며 살아가겠습니다
더러는 비바람 내리치고
북풍한설北風寒雪 몰아쳐

내 육중한 육신을 가눌 수 없어도

나는 영혼을 위한 무상無想의 세계
그를 닮은 구름처럼 살아갈 것입니다.
　　　　　　　－「묵음시첩 7」 전문

　바위를 본받아, 바위처럼 살겠다는 각오를 피력했
으므로 일종의 자경록이라고 할 수 있는 시이다. 슬
픔일랑 안으로 삭이고, 인내하며 용서하며, 무념무상
의 경지로 살고 싶은 것이 시인의 소망이다. 바위만
이 배움의 대상이 아니다. 삼라만상이 다 시인의 스
승이다. 들길(4), 섣달 그믐달(5), 빈집(6), 보름달(8),
깃발(9), 장승(10), 폐선(11), 솟대(12), 서낭당(13),
허수아비(14), 가로등(15), 오솔길(16), 나목(17), 헌
구두(18), 헌책방(19), 폐묘(20), 용문사 은행나무(21),
블랙홀(22), 지우개(23), 이정표(24), 그림자(25), 자
물쇠(26), 은하수(27) 중에서 은하수가 제일 크고 지
우개가 제일 작다. 다 언급할 수는 없고 시인의 체
취가 느껴지는 자기고백적인 시를 몇 편 읽어보도록
하자.

　아아, 솔직히 나는 고단한 한 생을 살아왔다
　이제 그 생존현장에서 아쉽게 은퇴하고

갯벌에 버려져 영면永眠에 들어간다
그때 나와 동행해서 대해大海를 누비던
그 선장도 안도의 한숨을 들이쉬면서
어느 양지바른 산비탈에 편히 누워
만선의 몽중夢中에서 휴식을 취하겠지.
                    - 「묵음시첩 11」 전문

　폐선의 운명은 고요히 녹슬거나 해체되는 것이다. 폐선이 화자가 되어 자신의 한 생을 반추하는 식으로 전개되지만 실은 시인이 자신의 삶을 회고하고 있다. 인간의 생로병사에 대한 성찰이 독자의 가슴에 파문을 일으킨다. 병病과 사死에 대한 사색은 허무주의에 늪에 잠기게 하는 경우가 많다. 그런데 솟대가 된 화자는 "나도 이젠 말라빠진 맨몸으로／ 영원히 비상할 수 있는 새가 되었"다고 좋아하기도 한다. 가로등이 되어서는 "그대는 취한 채 긴 잠에 빠지지만／ 나는 불면의 외로움을 인내하면서／ 밤새도록 이 자리를 굳게 지킬 것"이라고 단호히 말한다. 즉, 실상은 묵음이 아닌 것이다. 사물은 말을 하지 않지만, 그것들의 발언을 시인은 듣는다. 삼라만상 온갖 사물을 의인화시켜 실은 세상을 향해 발언하는 시가 묵음시첩의 시다. 헌 구두가 자기 이야기를 하고 있는 18번 시의 경우, 헌 구두는 시적 화자 자체의 객관적 상관물이다.

> 늙고 병들고 죽어가는 존재의 의미
> 살아가는 순리가 모두 그런 것이라네
> 한 생을 헌신적 봉사로 마무리하지만
> 아아, 그 세월의 여적餘滴에는
> 영욕榮辱의 바람소리만 들릴 뿐
> 그러나 폐품으로 길거리에 내던지지 마라
> 오늘도 숨죽인 채 헐거운 영육만 매만지는.
>
> — 「묵음시첩 18」 부분

누군가의 발을 보호하면서, 그의 이동을 도와주면서 낡아간 구두는 요즘 "비좁고 깜깜한 신발장에 갇혀/나들이 길에 선택되지 못한"다. 구두는 말한다. "뒤축이 문드러진 나의 골신骨身은/당신의 운명처럼 어디론가/천천히 흔적 없이 사라질 것"이라고. 실은 시인이 헌 구두에 감정이입을 한 것으로 보아야 한다. 화자는 구두이자 시인 자신이다. 이렇게 말한다. "폐품으로 길거리에 내던지지 마라"고. 한 생을 헌신적으로 봉사해 왔는데 단지 낡았다는(늙었다는) 이유로 폐품 취급하지 말라는 항의의 목소리가 이 시의 주제라고 본다.

하얀 백지에 무심코 써나간 인생론
여기쯤에서 잘못된 부분을 지워야지
일생동안 쓰고 지우고 또 다시 써도
다람쥐 쳇바퀴 돌 듯 제자리에서
머뭇거리는 당신을 위해서
나는 항상 새로 써나갈 넓은 대지를
새로 마련해 두겠네
보다 선명한 그림을 다시 그리는 당신
에잇! 또 잘못 그렸어
돌아보면 허접스러운 삶의 연속이었거늘
아아, 한 생이 끝날 때까지
몽당연필과 지우개가 동행하는 언젠가
나의 육신이 다 문드러지는 날
만신창이로 너덜거리는 당신의 몰골도
한 점 구름으로 영원히 떠날 것이네.
                          ―「묵음시첩 23」 부분

　지우개의 말이 의미심장하다. 쓰다 보면 연필은
몽당연필이 되고 지우개는 문드러진다. 지우개가 말
한다. "만신창이로 너덜거리는 당신의 몰골도/ 한
점 구름으로 영원히 떠날 것"이라고 하지만 시인은
그날이 오기까지 연필로 쓰고 지우개로 지우고 또
연필로 쓰는 것이 운명이기에 그만둘 수 없는 것이

다. 지우개가 "당신을 위해서 / 나는 항상 새로 써나갈 넓은 대지를 / 새로 마련해 두겠"다는 말이 재미있다. 넓은 대지는 백지다. 그렇다, 40년 가까이 시를 썼기에 시인은 저승에 가서도 할 일이 시 쓰는 것뿐이다. 다른 시편도 대체로 부제로 붙인 사물의 목소리로 전개되지만 실제 내용은 시인 자신이 이 세상에 하고픈 발언으로 이루어져 있다.

　제3부 「인사동 산책」 연작시 11편과 「피맛골의 밤」 4편, 「자정 장법」 3편은 시인의 생활상 이모저모가 다뤄지고 있는 시편이다. 인사동과 피맛골에서 문우들과 지내면서 보고 듣고 느낀 것들이 시가 되었다. '귀천'에 가서 목순옥 여사도 귀천했다는 말을 듣는 장면은 가슴을 뭉클하게 한다. '순풍에 돛을 달고'에 가면 김윤희 여사가 반겨주었는데 가게도 문을 닫고 김 여사도 연락이 두절된다. 파고다빌딩 근처에 있는 『문학공간』에 가면 언제나 최광호 주간과 최완욱 편집장이 반겨준다. 변영아·이봄비·임춘원·정병조·정득복·장윤우 등 예술가가 그의 벗이다. "건강과 낭만을 토하는 노장老將들"과 어울려 김송배 시인은 술잔을 기울이고 얘기를 나눈다. 광화문 교보문고에서 종로 뒷길로 가면 좁다란 골목길이 나오는데 피맛골이다. 그 정겨운 곳이 도시 재개발로 사라지고 말았다. 그곳의 대폿집 '소문난집'의 주

인은 서영순 여사였다. 그곳에서 만난 김요섭·신동
한·윤병로·구인환·정공채 씨는 불귀의 객이 되었
다. 오인문·이창년·장윤우·정순영·한귀남·신세훈·
이수화·장윤우 씨 등은 지금도 여전히 현역이지만
유재용·안장환·김병총은 이제 그만 볼 수 없게 된
문우다. 그 술집 벽을 가득 메운 낙서 중에는 김송
배 시인이 써놓은 "기다림은 아름다운 약속이다"도
있었지만 이제는 추억 속의 문구다.

「자정 장법」은 소크라테스·플라톤·아리스토텔레
스의 철학에 대한 이해를 시로 풀어본 것이다. 제4
부의 시 9편은 극시라고 해야 할지, 시의 극화를 꾀
한 실험적인 시편이다. 현실풍자시 계열의 작품이다.
인간의 생로병사에 대한 사색을 아주 유머러스하게
풀어내고 있다. 정치풍자도 있다.

관습적으로 손바닥을 치다가
손등을 치고 다시
발등을 두들기다가 또 발바닥을……
종아리도 주무르면서
팔다리를 휘휘 내저어 본다
혈류血流야, 수축된 혈관에게 귀띔한다
노년老年에 어쩔 수 없는 일상인가
아니 아니, 나에게도 청춘은 있었던 걸ー

－ 할아버지, 지금 뭐 하세요?

- 「여보세요, 지금 뭐하세요?」 전문

노년이 되다 보니 몸이 기름 안 친 기계처럼 뻑
뻑해진다. 이래저래 사지를 움직여 보는데 젊은이가
묻는다. "할아버지, 지금 뭐 하세요?" 참 민망한 순
간이다. 「친구야, 니 시방 뭐하노?」에서는 화자가 팔
을 다쳐 고생한 이야기가 전개된다. 유머와 위트를
동원해 재미를 느끼게 하지만 잘 들여다보면 고독감
과의 싸움이다.

제5부의 시편은 대체로 기념시와 추모시다. 의전
용 시라서 다 쉽고 특별히 언급할 내용은 없다. 일
본의 독도 영유권 주장을 보다 못한 시인들이 독도
를 찾아가서 시낭송 행사를 가졌는데 그때의 여행이
「독도, 상륙하다」와 「독도 품에 안기다」를 탄생케
하였다. 박희진 시인과 정공채 시인의 죽음을 애도
한 시는 가슴을 뭉클하게 한다.

이제 정리를 해본다. 시인은 나이 산수(算數가 아니
라 傘壽다)를 앞두고 밀려드는 고독감과 싸우기로 결
심했다. 싸우려면 무기가 필요한 법, 그가 선택한
무기로 고향에서 보낸 유년기에 대한 추억 더듬기가
있었다. 또 하나의 무기는 삼라만상의 온갖 것들을
의인화하여, 그것들에게 자신의 감정을 이입하여 생

의 의미를 탐색해보는 것이었다. 또 하나의 무기는 인사동과 피맛골에서의 추억을 더듬어보는 것이었다. 그런데 그 배면에 깔려 있는 것은 허무주의가 아니라(물론 허무감에 사로잡힐 때도 종종 있다) 불교적 인식이었다. 불교의 사생관은 죽음이 끝이 아니라 새로 시작하는 것이다. 김송배의 시세계가 그럴 것이다. 제12시집이 끝이 아니라 새로운 시를 향해 가는 도정에 세워진 하나의 이정표가 될 것이다. ✳

김송배 제12시집

지워진 흔적 남겨진 여백

1판 1쇄 인쇄 / 2020년 3월 2일
1판 1쇄 발행 / 2020년 3월 7일

지은이 / 김송배
펴낸곳 / 도서출판 시원
등   록 / 2000.10.20. 제312-2000-000047호
03701. 서울시 서대문구 연희로 11사길 16-4
전   화 : 010-3797-8188
E-mail : siwon-poem@daum.net
Printed in Korea ⓒ 2006. 시원
찍은곳 / 신광종합출판인쇄
배부처 / 책만드는집 (Tel 02-3142-1585)
04022. 서울시 마포구 양화로3길 99. (지하)

ISBN 978-89-93830-43-9 03810

값 / 12,000원

❖ 잘못된 책은 바꿔 드립니다.
❖ 저자와 협의하여 인지를 붙이지 않습니다.

이 도서의 국립중앙도서관 출판예정도서목록(CIP)은 서지정보유통지원시스템
홈페이지(http://seoji.nl.go.kr)와 국가자료공동목록시스템(http://www.nl.go.kr/kolisnet)에서
이용하실 수 있습니다. (CIP제어번호: CIP2020008271)